Poèmes de Poe

Les Quatre Recueils de Poésie Publiés

par Edgar Allen Poe

(1827-1829-1831-1845)

TAMERLANE

AND

OTHER POEMS.

BY A BOSTONIAN.

Young heads are giddy, and young hearts are warm,
And make mistakes for manhood to reform.   COWPER

——⋈——

BOSTON:
CALVIN F. S. THOMAS.....PRINTER.
1827.

TAMERLAN

ET

AUTRES POÈMES.

PAR UN BOSTONIEN.

Les jeunes têtes sont étourdies, et les jeunes cœurs sont chauds,
Et faire des erreurs pour que la virilité se réforme. COWPER.

BOSTON:

CALVIN F. S. THOMAS..... IMPRIMANTE.

. . . .

1827.

Table Des Matières

PRÉFACE.

La plupart des poèmes qui composent ce petit volume ont été écrits en
l'année 1821-1822, alors que l'auteur n'avait pas encore accompli sa
quatorzième année. Ils n'étaient bien sûr pas destinés à la publication ; La
raison pour laquelle ils sont maintenant publiés ne concerne personne
d'autre que lui-même. Des petits morceaux, il n'y a pas grand-chose à dire ;
ils goûtent peut-être trop l'égoïsme ; mais ils ont été écrits par quelqu'un
de trop jeune pour avoir une connaissance du monde autrement que de son
propre sein.

À Tamerlan, il s'est efforcé de dénoncer la folie de risquer même les
meilleurs sentiments du cœur au sanctuaire de l'Ambition. Il est conscient
qu'il y a là beaucoup de défauts (outre celui du caractère général du
poème) qu'il se flatte qu'il aurait pu, sans trop de peine, corriger, mais
contrairement à beaucoup de ses prédécesseurs, il a été trop friand de ses
premières productions pour les amender dans sa vieillesse.

Il ne dira pas qu'il est indifférent au succès de ces poèmes — cela
pourrait le stimuler à d'autres tentatives —, mais il peut affirmer sans
risque que l'échec ne l'influencera pas du tout dans une résolution déjà
adoptée. C'est un défi à la critique – qu'il en soit ainsi. Nos hæc novimus
esse nihil.

TAMERLAN.

═══════

I.

Je t'ai envoyé chercher, saint frère ;
Mais ce n'était pas avec l'espoir ivre,
Ce qui n'est qu'une agonie de désir
Pour fuir le destin, avec lequel faire face
Est plus que ce que le crime peut oser rêver,
Que je t'ai appelé à cette heure,
Ce n'est pas mon thème...
Je ne suis pas fou non plus de considérer cette puissance
De la terre peut me fuir du péché
Un orgueil surnaturel s'est délecté dans —
Je ne te traiterais pas d'imbécile, vieil homme,
Mais l'espoir n'est pas un don de toi ;
Si je peux espérer (ô Dieu ! Je peux)
Il tombe d'un sanctuaire éternel.

1

II.

Le mur gai de cette tour criarde
S'assombrit autour de moi, la mort est proche.
Je n'avais pas réfléchi jusqu'à cette heure
En sortant de la terre, cette oreille
De tout, si ce n'était l'ombre
De celui que j'ai fait dans la vie
Tout mystère mais un simple nom,
Pourrait connaître le secret d'un esprit
S'est prosterné de chagrin et de honte. —
C'est la honte, dis-tu ?

Oui, j'ai hérité
Cette portion de haine, avec la renommée,
La gloire terrestre, qui a montré
Une lumière démoniaque autour de mon trône,
Brûlant mon cœur brûlé d'une douleur
Ce n'est pas l'enfer qui me fera craindre de nouveau.

III.

Je n'ai pas toujours été comme maintenant...
Le diadème fiévreux sur mon front
J'ai revendiqué et gagné usurpamment —
Oui, le même héritage a été légué
Rome au César, ceci à moi ;
L'héritage d'un esprit royal —
Et un esprit orgueilleux, qui s'est efforcé
Triomphalement avec l'humanité.
Dans l'air de la montagne, j'ai d'abord dessiné la vie ;
Les brumes du Taglay se sont dissipées
Tous les soirs, leur rosée sur ma jeune tête ;
Et mon cerveau a bu leur venin alors,
Quand, après une journée de luttes périlleuses,
Avec des chamois, je m'emparerais de sa tanière
Et sommeil, dans mon orgueil de puissance,
L'enfant monarque de l'heure...
Car, avec la rosée de la montagne la nuit,
Mon âme s'est imprégnée de sentiments impies ;
Et je sentirais son essence voler
Dans des rêves sur moi — tandis que la lumière
Scintillant des nuages qui planaient,
Il semblerait à mon œil à demi fermé
L'apparat de la monarchie !
Et le grondement résonnant du tonnerre profond
S'est précipité sur moi, m'a dit
De la guerre et du tumulte, où ma voix
Ma propre voix, enfant stupide ! gonflait
(Ô combien mon cœur sauvage se réjouirait-il
Et bondit en moi au cri)
Le cri de guerre de la victoire !

3

IV.

La pluie s'est abattue sur ma tête
Mais à peine abrité — et le vent
Passé rapidement devant moi — mais mon esprit
Il était fou — car c'était l'homme qui avait perdu
Des lauriers sur moi — et la précipitation,
Le torrent de l'air froid
Gargouillait dans mon oreille suppliante le fracas [[écrasement]]
Des empires, avec la prière du captif,
Le bourdonnement des prétendants, le ton mitigé
De plat autour d'un trône de souverain.

La tempête avait cessé, et je me suis réveillé,
Son esprit m'a bercé jusqu'au sommeil,
Et comme il passait près de moi, il s'est brisé
Étrange lumière sur moi, pourtant
Mon âme en mystère à dormir [[steep]] :
Car je n'étais pas ce que j'avais été ;
L'enfant de la Nature, sans souci,
Ou pensée, sauf de la scène qui passe. —

V.

Mes passions, depuis cette heure infortunée,
Usurpé une tyrannie, que les hommes
J'ai jugé, depuis que j'ai atteint le pouvoir
Ma nature innée — qu'il en soit ainsi :
Mais, père, il y en avait un qui, alors...
Puis, dans mon enfance, quand leur feu
Brûlé d'une lueur encore plus intense ;
(Car la passion doit expirer avec la jeunesse)
Qui a jugé que ce cœur de fer
Dans la faiblesse de la femme avait un rôle.

Je n'ai pas de mots, hélas ! pour raconter
La joie de bien aimer !
Je n'oserais pas non plus tenter de tracer
La beauté respirante d'un visage,
Qui est pour mon esprit passionné,
Ne laisse pas sa mémoire derrière lui.
Vous n'avez jamais habité à la source de la vie
Quelque objet de délices,
D'un œil ferme, jusqu'à ce que vous ayez senti
La terre vacille – et la vision disparue ?
Et je me suis tenu à l'œil de mon père
Un seul objet — et un seul — jusqu'à ce que
Sa forme même m'a échappé,
Mais il m'a laissé son influence.

VI.

Ce n'est pas à toi que je devrais nommer...
Tu ne peux pas, tu n'oserais pas penser
L'empire magique d'une flamme
Qui se trouve à ce bord périlleux
A fixé mon âme, bien qu'elle ne soit pas pardonnable
Par ce qu'il a perdu par passion — Heav'n.
J'ai aimé — et oh, avec quelle tendresse !
Oui! Elle [[était]] digne de tout amour !

Tel que dans l'enfance était le mien
Mais alors sa passion ne pouvait pas être :
C'était comme les esprits des anges d'en haut
Pourrait envier — son jeune cœur le sanctuaire
Sur lequel mes espoirs et mes pensées
L'encens — alors un beau cadeau —
Car ils étaient puérils, sans péché,
Pures comme l'enseignaient ses jeunes exemples ;
Pourquoi l'ai-je quitté et à la dérive,
Confiance en l'étoile volage qui sommeille en [[?]]

6

Nous avons grandi en âge, et nous nous aimons ensemble,
Errant dans la forêt et la nature ;
Ma poitrine son bouclier par temps d'hiver,
Et quand le soleil amical souriait
Et elle marquerait les cieux ouverts,
Je n'ai pas vu Heav'n, mais dans ses yeux...
Toute l'enfance connaît le cœur humain ;
Car quand, au soleil et aux sourires,
De tous nos petits soucis à part,
Riant de ses ruses à demi stupides,
Je me jetterais sur sa poitrine palpitante,
Et déverser mon esprit en larmes,
Elle lèverait les yeux dans mon œil plus sauvage...
Il n'était pas nécessaire de dire le reste...
Pas besoin d'apaiser ses aimables craintes...
Elle n'a pas demandé pourquoi.

Le souvenir sacré de ces années-là
Vient de moi en ces heures solitaires,
Et, avec une douce convenance, apparaît
Comme le parfum d'étranges flots d'été ;
Des flux que nous avons connus auparavant
Dans l'enfance, qui vu, se rappeler
À l'esprit — pas seulement aux flow'rs — mais plus encore
Notre vie terrestre, et l'amour – et tout.

Oui! Elle était digne de tout amour !
Ev'n tels que depuis le temps maudit
Mon esprit luttait avec la tempête,
Lorsqu'il est seul au sommet de la montagne,
L'ambition lui a donné un ton nouveau,
Et lui ordonna d'abord de rêver au crime,
Ma phrénésie dans sa poitrine lui enseignait :
Nous étions encore jeunes : il n'y avait pas de pensée plus pure
Demeure dans le sein d'un séraphin plus que le tien ;
Car l'amour passionné est toujours divin :
Je l'ai aimée comme un ange
Avec le rayon de la lumière vivante
Qui flamboie sur le sanctuaire d'Edis.
Ce n'est certainement pas un péché de nommer,
Avec ceux qui sont les miens, cette flamme mystique,
Je n'avais d'être qu'en toi !
Le monde avec tout son cortège de
Et la beauté heureuse (pour moi
Tout était un délice indéfini)
Le monde – sa joie – sa part de douleur
Ce que je n'ai pas senti — ses formes corporelles
D'êtres variés, qui contiennent
Les esprits sans corps des tempêtes,
Le soleil et le calme - l'idéal
Et les vanités fugaces des rêves,
Terriblement belle ! le réel
Pas de vie éveillée à midi...
D'une vie enchantée, qui semble,
Maintenant, quand je regarde en arrière, le conflit
D'un démon maléfique, doté d'une puissance
Qui m'a quitté à une heure maléfique,

8

Tout ce que j'ai senti, ou vu, ou pensé,
L'encombrement, la confusion est devenue
(Avec ta beauté surnaturelle chargée)
Toi – et le néant d'un nom.

IX.

L'esprit passionné qui a connu,
Et j'ai profondément ressenti le ton silencieux
De sa propre suprématie, —
(Je te parle ainsi ouvertement,
C'était maintenant une folie de voiler une pensée
dont cette poitrine douloureuse est chargée)
L'âme qui sent son droit inné...
L'empire mystique et la grande puissance
Giv'n par la puissance énergique
Du génie, à son heure natale ;
Qui sait [croyez-moi à ce moment-ci,
Quand le mensonge était un crime décuple,
Il y a une puissance dans l'esprit élevé
Pour connaître le sort dont il héritera]
L'âme, qui connaît une telle puissance, s'immobilisera
Trouvez l'Orgueil maître de sa volonté.

Oui! J'étais fier — et vous qui savez
La magie de ce mot qui signifie,
Ainsi souvent perverti, donnera sans réserve
Votre mépris, peut-être, quand vous aurez entendu
Que l'esprit orgueilleux avait été brisé,
Le cœur orgueilleux éclata d'agonie
D'un seul mot ou d'un seul signe de réprimande
De l'idolâtrie de son cœur...
J'étais ambitieux – le saviez-vous
Sa passion ardente ? — vous n'avez pas —
Cottager, j'ai marqué un trône
De la moitié du monde, comme de tout le mien,
Et murmurait à un si bas sort !
Mais cela m'avait passé pour un rêve

10

Qui, d'un pas léger, vole avec la rosée,
Cette pensée allumée — n'a pas fait le faisceau
De la Beauté, qui l'a guidé à travers
La longue journée d'été, oppression
Mon esprit avec une double beauté...

X.

Nous avons marché ensemble sur la couronne
D'une haute montagne, qui regardait en bas
Loin de ses fières tours naturelles
De rochers et de forêts, sur les collines —
Les collines amenues, d'où au milieu des tonnelles
Sa propre main blonde s'était dressée autour,
Jaillit en criant mille coulées,
Qui, pour ainsi dire, dans un lien féerique
Nous avons embrassé deux hameaux, ceux qui sont les nôtres,
Paisiblement heureux - mais seul -
Je lui ai parlé de puissance et de fierté...
Mais mystiquement, sous une telle apparence,
Qu'elle pourrait considérer qu'il n'y a rien d'autre
L'inverse du moment, dans ses yeux
J'ai lu [peut-être trop négligemment]
Un sentiment mêlé au mien ;
La rougeur sur sa joue brillante, à moi,
Semblait devenir un trône de reine
Trop bien, pour que je le laisse faire
Une lumière dans l'obscurité, sauvage, seul.

Là, à cette heure-là, une pensée me vint
Mon esprit, il ne savait pas auparavant...
Pour la quitter alors que nous étions jeunes tous les deux, ...
Pour suivre mon noble destin parmi
La lutte des nations, et la rédemption
Les paroles oiseuses, qui, comme un rêve
Alors sonna à son oreille inattentive :
Je n'avais aucun doute, je ne connaissais pas la peur
Du péril dans ma folle carrière ;
Pour gagner un empire, et jeter
Comme dot nuptiale — une couronne de reine[[,]]
Le seul sentiment qui possède,
À sa propre image, ma chère poitrine —
Qui, qui avait connu la pensée secrète
Du sein d'un jeune paysan alors,
S'il l'avait jugé, par compassion, n'importe quoi
Mais un seul, que la fantaisie avait conduit
Égaré de la raison — Parmi les hommes
L'ambition est enchaînée — ni nourrie
[Comme dans le désert, où le grand,
Le sauvage, le beau, conspirent
Avec leur propre souffle pour attiser son feu]
Avec des pensées, un tel sentiment peut commander ;
Libéré par le sarcasme et le mépris
De ceux, qui veulent à peine concevoir
Que tout le monde devienne « grand », né
Dans leur propre sphère — ne croiront pas
Qu'ils s'abaisseront dans la vie à un seul
Qui ils ont l'habitude de voir chaque jour
Familièrement — que le soleil de la fortune
Jamais n'a brillé d'un éclat éblouissant
Humbles — et de leur propre degré —

XII.

Je me suis représenté à l'œil de mon imagination
Son étonnement silencieux et profond,
Quand, quelques années fugères s'écoulèrent,
(Pour faire court le temps que mon grand espoir a prêté
À son intention la plus désespérée,)
Elle pourrait se rappeler en lui, que la renommée
S'était doré du nom d'un conquérant,
(Avec la gloire — telle qu'elle pourrait inspirer
Par la force des choses, une pensée passagère de l'un d'eux,
Celui qu'elle avait jugé dans son propre feu
Flétri et foudroyé ; qui était parti
Un traître, une violation de la vérité
Ainsi mis dans sa première jeunesse,)
Son propre Alexis, qui devrait souffrir
L'amour qu'il a laissé à l'époque – encore une fois,
Et suscitent la joie de son enfance,
La mariée et la reine de Tamerlan —

Un midi d'une belle journée d'été
J'ai passé de l'arc emmêlé
Où dans un sommeil profond et calme se trouvait
Mon Ada. En cette heure paisible,
Un regard silencieux fut mon adieu.
Je n'avais pas d'autre consolation – à l'époque
Réveille-la, et un mensonge lui dit
D'un faux voyage, étaient de nouveau
De faire confiance à la faiblesse de mon cœur
À sa voix douce et palpitante : Se séparer
Ainsi, heureusement, pendant son sommeil, elle rêvait
De longue volupté, ni n'avait encore jugé
Réveillé, que j'avais eu une pensée
De se séparer, furent remplis de folie ;
Je ne connaissais pas le cœur d'une femme, hélas !
Quoiqu'aimé, et aimant — laisse passer. —

XIV.

Je suis sorti de l'arc emmêlé,
Et je me hâtai follement sur mon chemin :
Et sentait, à chaque heure de vol,
Cela m'a emporté de chez moi, plus gai ;
Il y a de la terre une agonie
Ce qui, idéal, peut encore être
Le pire mal de la mortalité,
C'est la félicité, dans sa propre réalité,
Trop réel, pour son sein qui vit
Pas en lui-même, mais donne
Une partie de son âme volontaire
À Dieu, et au grand tout...
À lui, dont l'esprit d'amour habitera
Avec la Nature, dans ses sentiers sauvages ; raconter
De ses voies merveilleuses, et de sa bénédiction
Sa beauté surpuissante !
Une agonie plus qu'une agonie pour lui
Dont la vue défaillante s'obscurcira
Avec son propre regard vivant sur
Cette beauté autour de vous : le soleil —
Le ciel bleu — la lumière brumeuse
Du pâle nuage qui s'y trouve, dont la teinte
C'est la grâce à son lourd lit de bleu ;
Faible! quoiqu'il ait l'air tout brillant !
Ô Dieu ! quand les pensées qui ne peuvent pas passer
Va éclater sur lui, et hélas !
Pour le vol sur Terre à Fancy giv'n,
Il n'y a pas de mots... si ce n'est de Heav'n.

Regarde autour de toi maintenant sur Samarcande,
N'est-elle pas la reine de la terre ? Sa fierté
Au-dessus de toutes les villes ? dans sa main
Leur destin ? avec tout le côté
De la gloire, que le monde a connue ?
Ne se dresse-t-elle pas fièrement et seule ?
Et qui est son souverain ? Timur il
Que la terre étonnée a vu,
Avec la victoire, sur la victoire,
Redoubler d'âge ! et plus encore, je le sais,
La renommée des Zinghis qui retentit encore.
Et maintenant, qu'a-t-il fait ? quoi! un nom.
Le bruit des réjouissances nocturnes
Vient de moi, avec la voix mêlée
De beaucoup avec une poitrine aussi légère,
Comme si ce n'était pas l'heure de la mort
De l'un d'eux, en qui ils se réjouissaient —
Comme dans un leader, heureusement — Pouvoir
Son venin communique secrètement ;
Je n'ai rien avec des cœurs humains.

XVI.

Quand la fortune m'a marqué pour la sienne,
Et mes orgueilleuses espérances avaient atteint un trône
[Ce n'est pas moi, mon bon frère, de dire
Une histoire que le monde connaît [[trop]],
Comment par quels actes cachés de puissance,
J'ai grimpé jusqu'à la hauteur chancelante,]
J'étais encore jeune ; et bien je s'en suis pris
Mon esprit tel qu'il avait été.
Mes yeux étaient toujours fixés sur le faste et la puissance,
Mon cœur plus sauvage était loin,
Dans les vallées de la sauvage Taglay,
Dans mon arc emmêlé d'Ada.
Je n'habitai pas longtemps à Samarcand
Ere, sous l'apparence humble d'un paysan,
J'ai cherché ma terre depuis longtemps... abandonnée,
Au coucher du soleil, ses montagnes se levaient
Dans une grandeur sombre à mes yeux :
Mais comme j'errais sur le chemin
Mon cœur s'est serré avec le rayon du soleil.
À lui, qui regarderait encore
La gloire du soleil d'été,
C'est là, quand le soleil se séparera de lui,
Un désespoir maussade du cœur.
Cette âme haïra la brume qui s'élève
Si souvent charmant, et zézaie [[liste]]
Au son des ténèbres qui viennent [connu
À ceux dont l'esprit n'est qu'un
Qui dans un rêve de nuit volerait
Mais ne peut pas à cause d'un danger proche.
Et si la lune – la lune argentée
Brille sur son chemin, en plein midi ;

18

Son sourire est glacial et son rayon
En cette période de morosité semblera
Comme le portrait d'un après la mort ;
    Une ressemblance prise lorsque le souffle
De la jeune vie, et du feu de l'œil
Dernièrement, il y était allé , mais il était passé.
C'est ainsi que le beau soleil d'été
De notre enfance, sa course a couru :
Car tout ce que nous vivons pour savoir est connu ;
Et tout ce que nous cherchons à garder a volé ;
Avec la beauté de midi, c'est tout.
Que la vie, donc, comme le jour qui coule, tombe —
    Le jour-flow trancient et passionné,
Flétrissant à chaque heure.

XVII.

J'ai atteint ma maison – ma maison plus jamais –
Car tout ce qui a volé a fait qu'il en était ainsi...
Je suis passé par sa porte moussue,
Dans l'oisiveté vide du malheur.
C'est sur son seuil que je me suis rencontré
Un chasseur de montagne, j'avais connu
Dans l'enfance, mais il ne me connaissait pas.
Quelque chose qu'il a dit à propos du vieux lit de camp :
Il avait connu des jours meilleurs, disait-il ;
Il y avait une fontaine une fois, et là
Plus d'un beau flot leva la tête :
Mais celle qui les a élevés était morte depuis longtemps,
Et il n'y avait aucune part dans de telles folies,
Que me restait-il maintenant ? désespoir —
Un royaume pour un cœur brisé.

À — —

Je t'ai vu le jour de tes noces ;
Quand une rougeur brûlante t'a envahi,
Bien que le bonheur t'entoure,
Le monde s'aime tout devant toi.

Et, dans ton œil, la lumière qui s'allume
De jeune passion libre
Était tout sur la terre, ma vue enchaînée
De la beauté pourrait voir.

Ce rougissement, je le pensais, était une honte de jeune fille :
En tant que tel, il peut bien passer :
Quoique sa lueur ait soulevé une flamme plus ardente
Dans son sein, hélas !

Qui as vu le jour de tes noces,
Quand cette profonde rougeur viendrait de toi, —
Quoique le bonheur t'entoure ;
Le monde tout Amour devant toi. —

RÊVES.

Oh! que ma jeune vie était un rêve durable !
Mon esprit ne s'éveille pas, jusqu'à ce que le faisceau
D'une éternité devrait apporter le lendemain.
Oui! mais ce long rêve était un chagrin sans espoir.
C'était mieux que la froide réalité
De la vie éveillée, à celui dont le cœur doit être,
Et il s'est trompé sur la belle terre,
Un chaos de passion profonde, dès sa naissance.
Mais devrait-il en être – ce rêve éternellement
Continuer – comme les rêves l'ont été pour moi
Dans ma jeune enfance —— devrait-il en être ainsi
C'était encore de la folie d'espérer un poids plus élevé.
Car je me suis réjoui quand le soleil brillait
Dans le ciel d'été, dans les rêves de lumière vivante.
Et la beauté, — ont quitté mon cœur
Des inclinaisons de mon imaginaire [[Dans les climats de mes
imaginations]] à part
De ma propre maison, avec des êtres qui ont été
De ma propre pensée – qu'aurais-je pu voir de plus ?
C'était une fois – et une seule fois – et l'heure folle
De ma mémoire ne passera pas —— un peu de pow'r
Ou le sort m'avait lié – c'était le vent glacial
Il est venu me rejoindre dans la nuit, et l'a laissé derrière lui
Son image sur mon esprit – ou la lune
Brillait sur mon sommeil dans son grand midi [page 27 :]
Trop froidement – ou les étoiles – comment c'était
Ce rêve était comme ce vent de la nuit – laissez-le passer.
J'ai été heureux, quoique dans un rêve.

22

J'ai été heureux — et j'adore le thème :
Rêves! dans leur coloration vive de la vie
Comme dans cette lutte fugace, ténébreuse, brumeuse
De ressemblance avec la réalité qui apporte
À l'œil délirant, d'autres belles choses
Du Paradis et de l'Amour — et tout le nôtre !
Que le jeune Hope à l'heure la plus ensoleillée n'en a connu.

VISITE DES MORTS.

Ton âme se trouvera seule,
Seul de tous sur terre — inconnu
La cause – mais personne n'est près de fouiller
Dans ton heure de secret.
Restez silencieux dans cette solitude,
Ce n'est pas la solitude – car alors
Les esprits des morts, qui se tenaient debout
Dans la vie devant toi, tu es de nouveau
Dans la mort autour de toi, et leur volonté
Te couvrira alors de ton ombre, tu seras tranquille
Car la nuit, quoique claire, froncera les sourcils : [page 28 :]
Et les étoiles ne regarderont pas en bas
De leurs trônes, dans le voile sombre ;
Avec une lumière comme l'espoir que donnent les mortels
Mais leurs orbes rouges, sans rayon,
À ton cœur flétri paraîtra
Comme une brûlure et une ferveur [[fièvre]]
Qui s'accrocherait à toi pour toujours.
Mais il te quittera, comme chaque étoile
Dans la lumière du matin au loin
Te volera — et disparaîtra :
— Mais sa pensée, tu ne peux pas la bannir.
Le souffle de Dieu sera silencieux ;
Et le souhait [[brume ou feu follet]] sur la colline
Par cette brise d'été qui s'est levée
Te charmera — comme un signe,
Et un symbole qui sera
Secret en toi.

24

ÉTOILE DU SOIR.

C'était le midi de l'été,
Et au milieu de la nuit ;
Et les étoiles, dans leurs orbites,
brillait pâle, à travers la lumière
De la lune plus brillante et plus froide, [page 29 :]
« Au milieu des planètes ses esclaves,
elle-même dans les cieux,
Son rayon sur les vagues.
J'ai regardé un moment
Sur son sourire froid ;
Trop froid — trop froid pour moi —
Il passa, comme un linceul,
Un nuage duveteux,
Et je me suis détourné vers toi,
Fière étoile du soir,
Dans ta gloire au loin,
Et ton rayon sera plus cher ;
Pour la joie à mon cœur
C'est la partie dont nous sommes fiers
Tu portes dans la nuit,
Et plus que j'admire
Ton feu lointain,
Que cette lumière plus froide et plus basse.

IMITATION.

Une marée sombre et insondable
D'un orgueil interminable —
Un mystère, et un rêve,
Si ma jeunesse semblait ; [page 30 :]
Je dis que ce rêve était lourd
Avec une pensée sauvage et éveillée
Des êtres qui ont été,
Ce que mon esprit n'a pas vu, [[.]]
Si je les avais laissés passer à côté,
Avec un œil rêveur !
Qu'aucun de la terre n'hérite
Cette vision sur mon esprit ;
Ces pensées, je les contrôlerais [[contrôle]],
Comme un sort sur son âme :
Pour ce brillant espoir enfin
Et que le temps est passé,
Et mon repos terrestre a disparu
Avec une vue [[soupir]] comme il passait,
Peu m'importe qu'il périsse
Avec une pensée que je chérissais alors, [[.]]

26

[[Stances]]

Combien de fois oublions-nous tout le temps, quand nous sommes seuls
Admirer le trône universel de la Nature ;
Ses bois, ses étendues sauvages, ses montagnes, ses
Réponse de HERS à NOS intelligences !

1.

Dans ma jeunesse, j'ai connu quelqu'un avec qui la Terre
Dans la communion secrète tenue — comme il l'a fait,
Dans la lumière du jour, et dans la beauté dès sa naissance :
Dont la torche ardente et vacillante de la vie a été allumée
Du soleil et des étoiles, d'où il avait tiré
Une lumière passionnée, telle que son esprit était apte...
Et pourtant, cet esprit savait — pas [[ne savait pas...]] dans l'heure
De sa propre ferveur, de ce qu'elle avait de pouvoir.

2.

Peut-être est-ce que mon esprit est en train de s'agiter
À une fièvre plus fervente par le rayon de lune qui pend au-dessus,
Mais je croirai à moitié que la lumière sauvage est chargée
Avec plus de souveraineté que de traditions anciennes
A-t-il jamais dit — ou est-ce une pensée
L'essence non incarnée, et rien de plus
Qui, d'un coup rapide, nous échappe
Comme la rosée de la nuit, sur l'herbe d'été.

Nous passons, quand, comme l'œil en expansion
À l'objet aimé — ainsi la déchirure du couvercle
Will start, qui a récemment dormi dans l'apathie ?
Et pourtant, il n'est pas nécessaire que ce soit — (cet objet) caché
De nous dans la vie — mais commune — qui ment
Chaque heure devant nous — mais alors seulement enchérir
Avec un son étrange, comme celui d'une corde de harpe brisée
C'est un symbole et un signe. [[,]]

De ce qui sera dans d'autres mondes — et donnera
En beauté par notre Dieu, à ceux-là seuls [
Qui, autrement, tomberait de la vie et de la vie
Attirés par la passion de leur cœur, et ce ton,
Ce ton élevé de l'esprit qui s'est efforcé de
Mais ce n'est pas avec la Foi — avec la piété — dont le trône
Avec une énergie méprisante, il n'a pas été abattu ;
Portant son propre sentiment profond comme une couronne.

[[Un rêve]]

Un être plus sauvage dès ma naissance
Mon esprit a rejeté le contrôle,
Mais maintenant, à l'étranger, sur la vaste terre,
Où reposes-tu ma baguette mon âme ?

Dans les visions de la nuit noire
J'ai rêvé que la joie s'en est allée —
Mais un rêve éveillé de vie et de lumière
M'a laissé le cœur brisé.

Et ce qui n'est pas un rêve le jour
Vers celui dont les yeux sont fixés
Sur les choses autour de lui avec un rayon
Se tourner vers le passé ?

Ce rêve sacré – ce rêve sacré,
Tandis que tout le monde réprimandait,
M'a encouragé comme un beau rayon
Un esprit solitaire guidant...

Qu'est-ce que c'est que cette lumière, à travers la nuit brumeuse
Si faiblement brillait au loin,
Quoi de plus brillant
À l'époque de la Vérité – étoile ?

29

[[Le jour le plus heureux]]

Le jour le plus heureux, l'heure la plus heureuse
Mon cœur brûlé et flétri a connu,
Le plus grand espoir d'orgueil et de puissance,
Je sens qu'il s'est envolé.

De puissance ! dis-je ? oui! tel que je s'en suis mis à
Mais ils ont disparu depuis longtemps, hélas !
Les visions de ma jeunesse ont été...
Mais laissons-les passer.

Et, orgueil, qu'ai-je maintenant avec toi ?
Un autre front peut jamais hériter
Le venin que tu as déversé sur moi...
Sois tranquille mon esprit.

Le jour le plus heureux, l'heure la plus heureuse
Mes yeux verront — ont jamais vu
Le regard le plus brillant de l'orgueil et de la puissance
J'ai l'impression — ont été :

Mais était-ce là l'espoir de l'orgueil et du pouvoir
Maintenant offert, avec la douleur
Et puis j'ai senti — cette heure la plus lumineuse
Je ne revivrais pas :

Car sur son aile était un alliage sombre
Et comme il voltigeait — tomba [page 34 :]
Une essence — puissante à détruire
Une âme qui le savait bien.

30

LE LAC.

Au printemps de la jeunesse, c'était mon lot
Pour hanter la vaste terre un endroit
Ce que je ne pouvais pas moins aimer ;
Tant la solitude était belle
D'un lac sauvage, avec des roches noires liées.
Et les grands pins qui s'élevaient autour.
Mais quand la nuit lui eut jeté le voile
À cet endroit — comme à tous,
Et le vent passait à côté de moi
Dans sa mélodie douce,
Mon esprit d'enfant se réveillerait
À la terreur du lac solitaire.
Pourtant, cette terreur n'était pas de la peur...
Mais une joie tremblante,
Et un sentiment indéfini,
Surgissant d'un esprit obscurci.
La mort était dans cette vague empoisonnée
Et dans son gouffre une tombe digne de ce nom
Pour celui qui pouvait ainsi apporter la consolation
À ses sombres imaginations ;
Dont la pensée sauvage pourrait même faire
Un Eden de ce lac sombre.

AL AARAAF,

TAMERLANE,

AND

MINOR POEMS.

BY EDGAR A. POE.

BALTIMORE:
HATCH & DUNNING.

1829.

AL AARAAF,

TAMERLAN

ET

POÈMES MINEURS.

PAR EDGAR A. POE.

BALTIMORE:

TRAPPE ET ÉCHAUMAGE.

———

1829.

Table Des Matières

35

[Sonnet — À la science]

SCIENCE! rencontrer la fille de l'ancien Temps tu es

Qui change toutes choses avec tes yeux scrutateurs !

Pourquoi te nourris-tu ainsi du cœur du poète,

Vautour! dont les ailes sont de mornes réalités !

Comment devrait-il t'aimer – ou comment te jugerait-il sage

Qui ne le quitterait pas, dans son errance,

Pour chercher un trésor dans les cieux joyaux

Bien qu'il s'envole avec une aile indomptable ?

N'as-tu pas traîné Diane hors de sa voiture,

Et j'ai chassé l'Hamadryade du bois

Pour chercher un abri dans une étoile plus heureuse ?

La douce Naïade de son flot ?

Le lutin de l'herbe verte ? et de moi

Le rêve d'été sous les arbustes ?

AL AARAAF.

Première partie.

Ô ! RIEN de terrestre sauf le rayon
[Rejeté des fleurs] de l'œil de la Belle,
Comme dans ces jardins où le jour
Jaillit des joyaux de Circassy —
O! Rien de terrestre que le frisson
De mélodie dans le rill des bois —
Ou [musique de la passion]
La voix de Joy s'est si paisiblement retirée
Que comme le murmure dans la coquille,
Son écho habite et habitera —
Sans rien des scories qui sont les nôtres —
Pourtant, toute la beauté, toutes les fleurs
Qui énumèrent notre Amour, et ornent nos tonnelles
Orne ton monde au loin, au loin —
L'étoile errante —

37

C'était un doux moment pour Nésace, car il y avait
Son monde se prélassait dans l'air doré,
Près de quatre soleils brillants — un repos temporaire —
Un coin de jardin dans le désert des plus heureux.

Loin — loin — au milieu des mers de rayons qui roulent
Splendeur empyréenne de l'âme déchaînée —
L'âme qui est à peine [les vagues sont si denses]
Peut lutter jusqu'à l'éminence qui lui est destinée,
Vers des sphères lointaines, de temps en temps, elle chevauchait,
Et tard pour le nôtre, le favorisé de Dieu...
Mais, maintenant, le souverain d'un royaume ancré,
Elle jette le sceptre, laisse le heaume,
Et, au milieu de l'encens et des hymnes spirituels,
Lave en quadruple lumière ses membres d'ange.

Maintenant le plus heureux, le plus beau de ta belle Terre,
C'est de là qu'est née l'« Idée de Beauté ».
[Tombant en couronnes à travers plus d'une étoile effrayée,
Comme les cheveux d'une femme au milieu des perles, jusqu'à ce que, au
loin,
Il s'allumait sur les collines archaïennes, et là habitait]
Elle regarda dans l'Infini — et s'agenouilla.
De riches nuages, en guise de dais, s'enroulaient autour d'elle...
Emblèmes dignes du modèle de son monde —

Vu mais en beauté — n'empêchant pas la vue
D'autres beautés scintillant à travers la lumière —
Une couronne qui enroulait chaque forme étoilée autour,
Et tout l'air opale en couleurs lié.

En toute hâte, elle s'agenouilla sur un lit
De fleurs : de lys comme celui qui dresse la tête
*Sur la belle Capo Deucato, et s'élança
Si impatient d'être sur le point d'être pendu
Sur les traces volantes de... — un profond orgueil —
†De celle qui aimait un mortel — et qui est morte ainsi —
La Sephalica, bourgeonnant avec de jeunes abeilles,
Dressant sa tige violette autour de ses genoux —
‡Et fleur gemme, de Trébizonde mal nommée —
Prisonnier des plus hautes étoiles, où autrefois il avait honte
Toute autre beauté : sa rosée sacrée
[Le nectar légendaire que les païens connaissaient]
D'une douceur délirante, il est tombé du ciel,
Et est tombé sur les jardins de l'impitoyable
À Trébizonde — et sur une fleur ensoleillée
Si semblable à la sienne au-dessus que, à cette heure, [page 16 :]

---

*Sur Santa Maura — olim Deucadia.
†Sappho.
‡Cette fleur est très remarquée par Lewehoeck et Tournefort. L'abeille, en se nourrissant de sa fleur, s'enivre.

Il reste encore à torturer l'abeille
Avec folie et rêverie inaccoutumée...
Dans le ciel, et dans tous ses environs, la feuille
Et la fleur de la plante féerique, dans le chagrin
L'inconsolation s'attarde — le chagrin qui lui pend la tête,
Des folies repentantes qui ont fui depuis longtemps,
Soulevant sa poitrine blanche vers l'air embaumé
Comme une beauté coupable, châtiée et plus belle,
Nyctanthes aussi, aussi sacré que la lumière
Elle craint de parfumer, de parfumer la nuit...
*Et Clytia méditant entre plus d'un soleil,
Tandis que des larmes mesquines coulent sur ses pétales —
†Et cette fleur aspirante qui a germé sur Terre —
Et mourut, à peine exalté dans la naissance,
Éclatant son cœur odorant en esprit pour s'envoler
Son chemin vers le ciel, du jardin d'un roi —

---

*Clytia — Le Chrysanthemum Peruvianum, ou, pour employer un terme mieux connu, le turnsol qui se tourne continuellement vers le soleil, se couvre, comme le Pérou, le pays d'où il vient, de nuages rosés qui rafraîchissent et rafraîchissent ses fleurs pendant les chaleurs les plus violentes du jour. — B. de. Saint-Pierre.
†Il est cultivé dans le jardin du roi à Paris, une espèce d'aloès serpentin sans épines, dont la grande et belle fleur exhale une forte odeur de la vanille, pendant le temps de son expansion, qui est très courte — Elle ne souffle que vers le mois de juillet — on l'aperçoit alors ouvrir peu à peu ses pétales, — les dilater, — se faner et mourir. — Saint-Pierre.

* Et le lotus valisnérien y vola
De lutter contre les eaux du Rhône —
†Et ton plus beau parfum pourpre, Zante !
I sola d'oro ! — Fior di Levante ! —
‡Et le bourgeon Nelumbo qui flotte pour toujours
Avec Cupidon indien en bas de la rivière sacrée —
De belles fleurs, et des fées ! à qui est confié
§Pour porter le chant de la Déesse, en odeurs, jusqu'au Ciel —

« Esprit ! qui habitent là où,
Dans le ciel profond,
Le terrible et le juste,
En beauté vie !
Au-delà de la ligne bleue —
La limite de l'étoile
Qui se retourne à la vue
De ta barrière et de ton bar,
De la barrière franchie

---

*On trouve, dans le Rhône, un beau lys de type valisnérien. Sa tige s'étendra sur une longueur de trois ou quatre pieds, préservant ainsi sa tête hors de l'eau dans les gonflements de la rivière.
†La jacinthe.
‡C'est une fiction des Indiens, que Cupidon a été vu pour la première fois flottant dans l'un d'eux sur le Gange – et qu'il aime toujours le berceau de son enfance.
§Et des fioles d'or pleines d'odeurs qui sont les prières des saints. — Révérend Saint-Jean.

41

Par les comètes qui ont été coulées
De leur orgueil et de leur trône
Être des corvées jusqu'à la fin —
Être porteurs de feu
[Le feu rouge de leur cœur]
Avec une vitesse qui ne fatigue peut-être pas
Et avec une douleur qui ne se séparera pas —
Qui vit — que nous savons—
Dans l'Éternité — nous sentons...
Mais l'ombre de laquelle
Quel esprit révélera ?
Quoique les êtres que ta Nesace,
Ton messager a connu
J'ai rêvé de ton infini
*Un modèle bien à eux...[page 19 :]

---

*Les humanitaires soutenaient que Dieu devait être compris comme ayant réellement une forme humaine. — Voir Clarke's Sermons, vol. 1, page 26, fol. édit.
La dérive de l'argumentation de Milton l'amène à employer un langage qui semblerait, à première vue, approcher de leur doctrine ; Mais on verra tout de suite qu'il se garde d'être accusé d'avoir adopté l'une des erreurs les plus ignorantes des âges sombres de l'Église. — Notes du Dr Sumner sur la doctrine chrétienne de Milton.
Cette opinion, malgré de nombreux témoignages contraires, n'a jamais pu être très générale. Andeus, un Syrien de Messopotamie, fut condamné pour cette opinion, comme hérétique. Il a vécu au début du 4ème siècle. Ses disciples étaient appelés Anthropmorphites. — Vide du Pin.
Parmi les poèmes de Milton, on trouve ces vers :
Dicite sacrorum præsides nemorum Deæ, &c.
Quis ille primus cujus ex imagine
Natura solers finxit humanum genus ?
Eternus, incorruptus, æquævus polo
Unusque et universus exemplar Dei. — Et après,
Non cui profundum Cæcitas lumen dedit
Dircæus augur vidit hunc alto sinu, &c.

Ta volonté est faite, ô ! Dieu!
L'étoile a chevauché haut
À travers plus d'une tempête, mais elle a chevauché
Sous ton œil brûlant
Et ici, en pensée, à toi —
Dans une pensée qui seule peut
Monte dans ton empire et sois ainsi
Un partenaire de ton trône
*Par Fantasy ailé,
Mon ambassade est donnée
Jusqu'à ce que le secret soit la connaissance
Dans les environs du Ciel.

Elle cessa — et enfouit alors sa joue brûlante
Abégassé, au milieu des lys, pour chercher
Un abri contre la ferveur de son œil
Car les étoiles tremblaient devant la Divinité.

---

*Seltsamen Tochter Jovis
Seinem Schosskinde
Der Phantasie. — Goethe.

Elle ne bougeait pas, ne respirait pas, car il y avait une voix
Comme l'air calme envahit solennellement
Un bruit de silence dans l'oreille effrayée
Que les poètes rêveurs nomment « la musique de la sphère ».
Notre monde est un monde de mots : nous appelons au silence
« Silence » — qui est le mot le plus simple de tous —
Ici, la nature parle, et nous avons des choses idéales
Des bruits d'ombre de battements d'ailes visionnaires —
Mais ah ! ce n'est pas le cas lorsque, ainsi, dans les royaumes d'en haut
La voix éternelle de Dieu passe,
Et les vents rouges se fanent dans le ciel !
*« Qu'est-ce que c'est que dans les mondes où courent des Cycles aveugles
Lié à un petit système, et un soleil
Où tout mon amour n'est que folie et foule
Pensez encore à mes terreurs mais le nuage d'orage
La tempête, le tremblement de terre et la colère de l'océan...
[Ah ! me croiseront-ils sur mon chemin plus furieux ?]
Qu'est-ce que c'est dans les mondes qui possèdent un seul soleil
Les sables du Temps s'assombrissent à mesure qu'ils coulent
Pourtant à toi est ma resplendeur, ainsi donnée
Pour porter mes secrets à travers le ciel supérieur :
Laisse sans locataire ta chrystal, et fuis,

---

*Aveugle – trop petit pour être vu. — Legge.

44

Avec toute ta traîne, à travers le ciel lunaire —
*À l'écart — comme des lucioles dans la nuit sicilienne,
Et s'envolent vers d'autres mondes une autre lumière ;
Divulgue les secrets de ton ambassade
Aux orbes orgueilleux qui scintillent — et ainsi de suite
À chaque cœur une barrière et une interdiction
De peur que les étoiles ne vacillent dans la culpabilité de l'homme.

La jeune fille se leva dans la nuit jaune,
La veille à une seule lune ! sur Terre, nous souffrons
Notre foi à un seul amour – et à une seule lune adore –
Le lieu de naissance de la jeune Belle n'en avait pas davantage.
Comme jaillit cette étoile jaune des heures duveteuses
La jeune fille se leva de son sanctuaire de fleurs,
Et courbé sur la montagne brillante et la plaine sombre
†Son chemin – mais n'a pas encore quitté son règne théraséen.

J'ai souvent remarqué un mouvement particulier de la luciole : elle se rassemble en un corps
et s'envole d'un centre commun vers d'innombrables rayons.
†Thérasée, ou Thérasée, l'île mentionnée par Sénèque, qui, en un instant, s'éleva de la mer
aux yeux des marins étonnés.

AL AARAAF.

Partie II.

Sur une montagne de têtes émaillées,
Comme le berger somnolent sur son lit
De pâturages géants couchés à son aise,
Levant sa paupière lourde, tressaillit et voit
Avec plus d'un murmure « l'espoir d'être pardonné »
À quelle heure la lune est-elle quadrillée dans le ciel —
De la tête rose qui, s'élevant au loin
Dans l'éther éclairé par le soleil, a attrapé le rayon
Des soleils endormis à la veille — à midi de la nuit,
Tandis que la lune dansait avec la belle lumière étrangère —
Dressé à une telle hauteur s'élevait un tas
De magnifiques colonnes sur l'air non dépensé,
Jaillissant du marbre de Paros ce sourire jumeau
Au fond de la vague qui y scintillait,
Et allaitait la jeune montagne dans son antre :
*Des étoiles en fusion leur pavement, comme la chute
À travers l'air d'ébène, différant le voile

---

*Quelque étoile qui, du toit en ruine,
De l'Olympe ébranlé, par malheur, est tombé — Milton.

De leur propre dissolution, pendant qu'ils meurent...
Ornant donc les habitations du ciel :
Un dôme, par la lumière du ciel qui s'est écoulée,
Assis doucement sur ces colonnes comme une couronne —
Une fenêtre d'un losange circulaire, là,
Regardait au-dessus dans l'air violet,
Et les rayons de Dieu ont abattu cette chaîne de météores
Et a sanctifié toute la beauté deux fois de plus,
Sauf quand, entre l'Empyrée et cet anneau,
Quelque esprit avide battait son aile sombre :
Mais sur les colonnes, les yeux des Séraphins ont vu
L'obscurité de ce monde : ce vert grisâtre
Que la Nature aime le meilleur pour la tombe de la Beauté
Cachée dans chaque corniche, autour de chaque architrave —
Et chaque chérubin sculpté autour d'elle
Qui, de sa demeure de marbre, s'est aventuré hors
Semblait terrestre dans le creux de sa niche —
Des statues archaïennes dans un monde si riche ?
*Frises de Tadmor et de Persépolis —
De Balbec et de l'abîme calme et clair

---

*Voltaire, en parlant de Persépolis, dit : « Je connois bien l'admiration qu'inspirent ces ruines, mais un palais érigé au pied d'une chaîne des rochers stériles, peut il être un chef d'œuvre des arts ! » — Voilà les arguments de M. Voltaire.

De la belle Gomorrhe ! O! La vague
C'est maintenant à toi — mais trop tard pour sauver ! —

Le son aime se délecter près d'une nuit d'été :
Assistez au murmure du crépuscule gris
†Qui a volé à l'oreille, à Eyraco,
De plus d'un astronome sauvage il y a longtemps —
Qui se glisse toujours à son oreille
Qui, songeur, regarde au loin l'obscurité,
Et voit les ténèbres venir comme un nuage —
‡Sa forme – sa voix – n'est-elle pas des plus palpables et des plus fortes ?

Mais qu'est-ce que c'est ? — elle vient — et elle apporte
Une musique avec elle — c'est le battement des ailes —
Une pause, puis une tension balayée et descendante
Et Nesace est de nouveau dans ses couloirs :

---

†[[*]] « Ah ! la vague »- Ula Deguisi est l'appellation turque ; mais, sur ses propres rivages, on l'appelle Bahar Loth, ou Almotanah. Il y avait sans aucun doute plus de deux villes englouties dans la « mer Morte ». Dans la vallée de Siddim, il y en avait cinq : Adrah, Zeboin, Tsoar, Sodome et Gomorrhe. Étienne de Byzance en mentionne huit, et Strabon treize, (englouti) — mais le dernier est hors de toute raison.

On dit [Tacite, Strabon, Josèphe, Daniel de Saint-Saba, Nau, Maundrell, Troilo, D'Arvieux] qu'après une sécheresse excessive, on voit au-dessus de la surface les vestiges de colonnes, de murs, etc. À n'importe quelle saison, de tels vestiges peuvent être découverts en regardant le lac transparent, et à des distances qui pourraient soutenir l'existence de nombreux établissements dans l'espace maintenant usurpé par les « Asphaltites ».

†Eyraco — Chaldée.

‡J'ai souvent cru entendre distinctement le bruit de l'obscurité qui volait à l'horizon.

De l'énergie sauvage de la hâte débridée
Ses joues rougissaient et ses lèvres s'écartaient ;
Et une zone qui s'accrochait autour de sa taille douce
Avait éclaté sous le soulèvement de son cœur :
Au centre de cette salle pour respirer
Elle s'arrêta et haleta, Zanthe ! tout en dessous —
La lumière féerique qui embrassait ses cheveux dorés
Et désirait ardemment se reposer, et pourtant ne pouvait que briller là-bas
!

*De jeunes fleurs chuchotaient en mélodie
Aux fleurs heureuses cette nuit-là – et d'arbre en arbre ;
Les fontaines jaillissaient de la musique en tombant
Dans plus d'un bosquet éclairé par des étoiles ou un vallon éclairé par la
lune ;
Pourtant, le silence s'est fait sur les choses matérielles...
De belles fleurs, des cascades lumineuses et des ailes d'ange...
Et le son seul qui sortait de l'esprit
Porté au charme que chantait la jeune fille.

« Neath jacinthe ou banderole —
Ou touffe sauvage
Qui garde, du rêveur,
†Le rayon de lune s'éloigne —

---

*Les fées utilisent les fleurs pour leur caractère. — Joyeuses Commères de Windsor.
[[William Shakespeare]]
†Dans l'Écriture, on trouve ce passage : « Le soleil ne te fera pas de mal le jour, ni la lune
la nuit. » On ne sait peut-être pas généralement que la lune, en Égypte, a pour effet
de produire la cécité chez ceux qui dorment avec le visage exposé à ses rayons,
circonstance à laquelle le passage fait évidemment allusion.

49

Des êtres brillants ! qui réfléchissent,
Les yeux à demi fermés,
Sur les étoiles qui ton émerveillement
A tiré des cieux,
Jusqu'à ce qu'ils jettent un coup d'œil à travers l'ombre, et
Descendez jusqu'à votre front
Comme les yeux de la jeune fille
Qui t'appelle maintenant...
Se lever! de vos rêves
Dans des tonnelles violettes,
Au devoir qui convient
Ces heures éclairées par les étoiles...
Et secoue tes cheveux
Encombré de rosée
Le souffle de ces baisers
Cela les encombre aussi...
[Oh ! comment, sans toi, Amour !
Les anges pourraient-ils être bénis] ?
Ces baisers de l'amour véritable
Qui vous a bercé pour vous reposer :
En haut! — secoue de ton aile
Chaque obstacle :

La rosée de la nuit —
Cela alourdirait votre vol ;
Et les caresses de l'amour véritable —
O! les laisser à part,
Ils sont légers sur les tresses,
Mais accrochez-vous au cœur.

Ligeia! Ligeia!
Ma belle !
Qui a l'idée la plus dure
Volonté de mélodie courir,
O! Est-ce ta volonté
Sur les brises à lancer ?
Ou, capricieusement immobile,
*Comme l'Albatros solitaire,
Titulaire le soir
[Comme elle à l'antenne]
Pour veiller avec délice
Sur l'harmonie là-bas ?

Ligeia! partout où
Ton image peut être

---

*On dit que l'Albatros dort sur l'aile.

Aucune magie ne rompra
Ta musique de ta part :
Tu as lié beaucoup d'yeux
Dans un sommeil de rêve —
Mais les tensions se posent toujours
Que ta vigilance garde...
Le bruit de la pluie
Qui saute vers la fleur,
Et danse à nouveau
Au rythme de la douche —
*Le murmure qui jaillit
De la culture de l'herbe
Sont la musique des choses —
Mais ils sont modelés, hélas ! —
Éloigne-toi donc, ma très chère,
O! salut
Vers les sources les plus claires
Sous le rayon de la lune —

---

*J'ai rencontré cette idée dans un vieux conte anglais, que je suis maintenant incapable de trouver et de citer de mémoire : « L'essence véritable et, pour ainsi dire, la tête printanière, et l'origine de toute musique, c'est le son vraiment agréable que les arbres de la forêt font quand ils grandissent. »

Vers le lac solitaire qui sourit,
Dans son rêve de repos profond,
Aux nombreuses îles stellaires
Qui ornent sa poitrine —
Où les fleurs sauvages, rampantes,
Ont mêlé leur ombre,
Sur sa marge dort
Plein de plus d'une femme de chambre —
Certains ont quitté la clairière fraîche, et
*Avoir dormi avec l'abeille —
Excite-les ma jeune fille,
Sur les landes et les terres de Léa —
Aller! respirer dans leur sommeil,
Tout doucement dans l'oreille,
Le numéro musical
Ils se sont endormis en entendant :
Car ce qui peut réveiller
Un ange si tôt

---

*L'abeille sauvage ne dormira pas à l'ombre s'il y a un clair de lune.

La rime dans ce couplet, comme dans un vers environ 60 vers auparavant, a une apparence d'affectation. Il est cependant imité de Sir W. Scott, ou plutôt de Claud Halcro, dans la bouche duquel j'ai admiré son effet.

O! Y avait-il une île,
Bien que toujours aussi sauvage
Où la femme pourrait sourire, et
Que personne ne se laisse séduire, etc.

Dont le sommeil a été pris
Sous la lune froide
Comme le sortilège qui ne sommeille pas
De la sorcellerie peut éprouver,
Le nombre rythmique
Qu'est-ce qui l'a bercé pour se reposer ?

Des esprits en aile, et des anges à la vue,
Mille séraphins firent éclater l'Empyréen,
De jeunes rêves planent encore sur leur vol somnolent —
Des séraphins en tout, sauf la « Connaissance », la lumière vive
Qui est tombé, réfracté, à travers tes limites, au loin
O! Mort! de l'œil de Dieu sur cette étoile :
Douce était cette erreur, plus douce encore que la mort...
Douce était cette erreur — tout avec nous le souffle
De la science obscurcit le miroir de notre joie —
C'était pour eux que le Simoom devait détruire...
Car à quoi leur sert de savoir
Que la vérité est mensonge — ou que la félicité est malheur ?
Douce était leur mort — avec eux mourir était monnaie courante
Avec la dernière extacité de la vie rassasiée —
Au-delà de cette mort, pas d'immortalité...
Mais le sommeil qui médite et qui n'est pas « à être » —

Et là — oh ! Que mon esprit fatigué habite —
*En dehors de l'éternité du ciel – et pourtant combien loin de l'enfer !
Quel esprit coupable, dans quels arbustes sombres,
N'a-t-il pas entendu l'appel émouvant de cet hymne ?
Mais deux, ils sont tombés, car le ciel n'a point de grâce
À ceux qui n'entendent pas pour leurs cœurs battants.
Une jeune fille ange et son amant séraphin —
O! où (et vous pourrez chercher les vastes cieux au-dessus)
L'Amour, l'aveugle, le Devoir presque sobre, était-il connu ?
†L'amour non guidé est tombé — au milieu des « larmes d'un gémissement
parfait » :

---

*Chez les Arabes, il y a un milieu entre le ciel et l'enfer, où les hommes ne subissent aucun châtiment, mais n'atteignent pas cependant cette tranquillité et même ce bonheur qu'ils supposent être le caractère de la jouissance céleste.

Un no rompido sueno —
Un dia puro — allegre — libre
Quiera —
Libre de amor — de zelo —
De odio — de esperanza — de rezelo,
Luis Ponce de León.

Le chagrin n'est pas exclu d'Al Aaraaf, mais c'est ce chagrin que les vivants aiment chérir pour les morts, et qui, dans certains esprits, ressemble au délire de l'opium. L'excitation passionnée de l'amour et la vivacité de l'esprit accompagnant l'ivresse sont ses plaisirs moins saints - dont le prix, pour ces âmes qui choisissent « Al Aaraaf » comme résidence après la vie, est la mort finale et l'anéantissement.

†Il y a des larmes de gémissement parfait
J'ai pleuré sur toi dans l'hélicon. — Milton.

55

C'était un bon esprit, celui qui est tombé :
Un vagabond au manteau moussu bien —
Un regard sur les lumières qui brillent au-dessus de lui —
Un rêveur dans le rayon de lune par son amour :
Qu'y a-t-il d'étonnant car chaque étoile y est comme un œil,
Et regarde si doucement les cheveux de la Belle —
Et eux, et tous les printemps moussus étaient saints
À son amour hantaient le cœur et la mélancolie.
La nuit avait trouvé (pour lui une nuit de malheur)
Sur un rocher de montagne, le jeune Angelo...
Scarabée, il se penche à travers le ciel solennel,
Et des regards renfrognés sur les mondes étoilés qui se trouvent en
dessous.
C'est là qu'il était rassasié de son amour, son œil noir courbé
Avec le regard de l'aigle le long du firmament :
Maintenant, il le retournait contre elle — mais jamais alors
Il tremblait à nouveau en une étoile constante.
« Ianthe, ma très chère, voyez ! Comme ce rayon est faible !
Comme c'est beau de regarder si loin !
Elle ne semblait pas ainsi en cette veille d'automne
J'ai quitté ses salles magnifiques – et je n'ai pas pleuré de partir :
Cette nuit-là, cette nuit-là, je m'en souviendrais bien...
Le rayon du soleil tomba, à Lemnos, avec un sortilège

Sur la sculpture 'Arabesq' d'une salle dorée
Où je me suis assis, et sur le mur drapé —
Et sur mes paupières — O ! Le lourd léger !
Comme il les pesait somnolent jusqu'à la nuit !
Sur les fleurs, avant, et la brume, et l'amour, ils couraient
Avec le persan Saadi dans son Gulistan :
Mais, ô ! cette lumière ! — Je me suis endormi — La mort, pendant ce
temps,
Volé mes sens dans cette belle île
Si doucement qu'aucun cheveu soyeux
Réveillé qui dormait – ou savait qu'il était là.

Le dernier endroit de l'orbe de la Terre sur lequel j'ai marché
*Était-ce qu'un temple orgueilleux s'appelait le Parthénon...
Plus de beauté s'accrochait autour de son mur à colonnes
†Que tout ton sein ardent bat avec,
Et quand le vieux temps mon aile s'est désenvoûtée
De là s'élança moi, comme l'aigle de sa tour,
Et des années que j'ai laissées derrière moi en une heure.
Combien de temps j'ai passé sur ses bonds aériens
La moitié du jardin de son globe fut projetée

---

*Il était entier en 1687 - l'endroit le plus élevé d'Athènes.

†Ombrageant plus de beauté dans leurs sourcils aérés
Que les seins blancs de la Reine de l'Amour.
— Marlow [[Marlowe]].

57

Se déroulant comme un graphique à mon avis...
Les villes sans locataires du désert aussi !
Ianthe, la beauté s'est installée sur moi alors,
Et la moitié que je souhaitais être de nouveau des hommes.

« Mon Angelo ! Et pourquoi l'étaient-ils ?
Une demeure plus lumineuse est ici pour toi —
Et des champs plus verts que dans le monde d'en haut,
Et la beauté des femmes – et l'amour passionné.

« Mais, liste, Ianthe ! quand l'air si doux
*Échoué, comme mon esprit de pennon bondissait dans les airs,
Peut-être que mon cerveau s'est étourdi – mais le monde
Je suis parti si tard que j'ai sombré dans le chaos...
S'élança de son rang, à l'écart,
Et une flamme a roulé le ciel ardent à l'intérieur.
J'ai pensé, ma douce, puis j'ai cessé de m'envoler
Et tomba, non pas aussi vite que je me relevais auparavant,
Mais avec un mouvement vers le bas, tremblant à travers
Rayons légers, d'airain, cette étoile d'or !
Ni longtemps la mesure de mes heures qui tombent,
Car la plus proche de toutes les étoiles était la tienne de la nôtre —

---

*Pennon — pour pignon. — Milton.

58

Étoile de l'effroi ! qui est venu, au milieu d'une nuit de joie,
Un Dædalion rouge sur la timide Terre !
« Nous sommes venus – et sur ta Terre – mais pas à nous
Que la dame nous donne l'ordre de discuter :
Nous sommes venus, mon amour ; autour, au-dessus, en dessous,
Joyeuse luciole de la nuit où nous allons et venons,
Ni ne demander une raison autre que le signe de tête de l'ange
Elle nous accorde, comme l'a accordé son Dieu...
Mais, Angelo, que ton temps gris s'est déployé
Jamais son aile de fée sur un monde plus féerique !
Faible était son petit disque et ses yeux d'ange
Seul pouvait voir le fantôme dans les cieux,
Quand Al Aaraaf savait que sa voie était
Tête baissée vers la mer étoilée —
Mais quand sa gloire s'est enflée sur le ciel,
Comme le buste rayonnant de la Beauté sous l'œil de l'homme,
Nous nous sommes arrêtés devant l'héritage des hommes,
Et ton étoile tremblait — comme la Belle alors !
Ainsi, dans le discours, les amants s'éloignaient
La nuit qui déclinait et déclinait et n'apportait aucun jour
Ils sont tombés, car le ciel ne leur donne aucun espoir
Qui n'écoutent pas pour les battements de leur cœur.

TAMERLAN.

1

Un réconfort bienveillant à l'heure de la mort ! —
Tel n'est pas, mon père, mon thème —
Je ne considérerai pas follement ce pouvoir
De la Terre peut me rétrécir du péché
Un orgueil surnaturel s'est délecté dans —
Je n'ai pas le temps de m'amuser ou de rêver :
Vous appelez cela l'espoir – ce feu du feu !
Ce n'est qu'une agonie du désir :
Si je peux espérer — Oh mon Dieu ! Je peux...
Sa source est plus sainte — plus divine —
Je ne te traiterais pas d'imbécile, vieil homme,
Mais ce n'est pas là un don de toi.

2

Connais le secret d'un esprit
S'inclinant devant son orgueil sauvage dans la honte.
O! cœur ardent ! J'ai hérité
Ta part flétrie avec la renommée,

60

La gloire brûlante qui a brillé
Au milieu des joyaux de mon trône,
Halo de l'enfer ! et avec une douleur
Ce n'est pas l'enfer qui me fera craindre de nouveau...
O! Cœur avide, Pour les fleurs perdues
Et le soleil de mes heures d'été !
La voix éternelle de ce temps mort,
Avec son interminable carillon,
Des anneaux, dans l'esprit d'un sortilège,
Sur ton vide — un glas.

3

Je n'ai pas toujours été comme maintenant :
Le diadème fiévreux sur mon front
J'ai revendiqué et gagné par usurpation...
N'a-t-il pas le même héritage féroce donné
Rome au César, cela à moi ?
L'héritage d'un esprit royal,
Et un esprit orgueilleux qui s'est efforcé
Triomphalement avec l'humanité.

4

Sur un sol de montagne, j'ai d'abord dessiné la vie :
Les brumes du Taglay se sont dissipées

La nuit, leurs rosées sur ma tête,
Et, je crois, la lutte ailée
Et le tumulte de l'air éperdument
S'est niché dans mes cheveux.

5

Si tard du ciel – cette rosée – elle est tombée
('Au milieu des rêves d'une nuit impie)
Sur moi — avec la touche de l'Enfer,
Alors que le clignotement rouge de la lumière
Des nuages qui pendaient, comme des bannières, au-delà,
Apparut à mon œil à demi fermé
L'apparat de la monarchie,
Et le grondement profond du tonnerre de la trompette
S'est précipité sur moi, m'a dit
De la bataille humaine, où ma voix,
Ma propre voix, enfant stupide ! — était enflée
(Oh ! comme mon esprit se réjouirait,
Et bondit en moi au cri)
Le cri de guerre de la Victoire !

6

La pluie s'est abattue sur ma tête
Sans abri — et le vent violent

C'était comme un géant – toi aussi, mon esprit ! —
Ce n'était que l'homme, pensais-je, qui
Des lauriers sur moi, et la ruée —
Le torrent de l'air froid
Gargouillait dans mon oreille la béguin
Des empires — avec la prière du captif —
Le bourdonnement des costumes - et le ton
De flatterie autour du trône d'un souverain.

7

Mes passions, depuis cette heure infortunée,
Usurpé une tyrannie que les hommes
J'ai jugé, depuis que j'ai atteint le pouvoir ;
Ma nature innée — qu'il en soit ainsi :
Mais, mon père, il y en avait un qui alors,
Puis, dans mon enfance, quand leur feu
Brûlé d'une lueur encore plus intense,
(Car la passion doit expirer avec la jeunesse)
Qui connaissait alors ce cœur de fer
Dans la faiblesse de la femme avait un rôle.

8

Je n'ai pas de mots, hélas ! — raconter
La beauté de bien aimer !

Je n'essaierai pas non plus maintenant de retracer
Le plus que la beauté d'un visage
Dont les linéaments, dans mon esprit,
Y a-t-il des ombres sur le vent instable :
C'est ainsi que je me souviens d'avoir habité
Une page des premières traditions,
Avec un œil flânant, jusqu'à ce que j'aie senti
Les lettres – avec leur signification – fondent
Aux fantasmes – sans aucun.

9

O! Elle était digne de tout amour !
L'amour — comme l'était le mien dans l'enfance —
C'était comme les esprits des anges d'en haut
Pourrait envier ; son jeune cœur le sanctuaire
Sur lequel mes espoirs et mes pensées
Étaient l'encens — alors un bon cadeau,
Car ils étaient puérils – et droits –
De l'éclat pur... comme l'enseignait son jeune exemple :
Pourquoi l'ai-je quitté, et, à la dérive,
Se fier au feu intérieur, pour la lumière ?

10

Nous avons grandi en âge – et en amour – ensemble –
Errant dans la forêt et la nature ;

Ma poitrine, son bouclier par un temps hivernal,
Et, quand le soleil amical souriait,
Et elle marquerait l'ouverture des cieux,
Je n'ai vu le Ciel que dans ses yeux.

11

La première leçon de Young Love est... le cœur :
Au milieu de ce soleil, et de ces sourires,
Quand, de nos petits soucis séparés,
Et riant de ses ruses de jeune fille,
Je me jetterais sur sa poitrine palpitante,
Et j'ai versé mon esprit en larmes —
Il n'était pas nécessaire de dire le reste...
Pas besoin de calmer les peurs
D'elle, qui n'a demandé aucune raison,
Mais elle a tourné vers moi son œil tranquille !

12

Pourtant, plus que digne de l'amour
Mon esprit luttait contre et s'efforçait,
Quand, au sommet de la montagne, seul,
L'ambition lui a donné un nouveau ton —
Je n'avais pas d'être — mais en toi :
Le monde, et tout ce qu'il contenait

65

Dans la terre — l'air — la mer —
Sa joie, son petit lot de douleur
C'était un plaisir nouveau... l'idéal,
Ténèbres, vanités des rêves la nuit —
Et des riens plus sombres qui étaient réels...
(Des ombres - et une lumière plus sombre !)
Écartés sur leurs ailes embuées,
Et c'est ainsi que, confusément, il est devenu
Ton image et — un nom — un nom !
Deux choses distinctes – mais très intimes.

13

J'étais ambitieux – le saviez-vous ?
La passion, mon père ? Vous n'avez pas :
Cottager, j'ai marqué un trône
De la moitié du monde comme de tout à moi,
Et murmurait à un si bas sort :
Mais, comme n'importe quel autre rêve,
Sur la vapeur de la rosée
Le mien avait passé, n'a pas le faisceau
De la beauté qui a fait pendant qu'elle traversait
La minute — l'heure — le jour — oppressent
Mon esprit avec une double beauté.

14

Nous avons marché ensemble sur la couronne
D'une haute montagne qui regardait en bas
Loin de ses fières tours naturelles
De rochers et de forêts, sur les collines —
Les collines amenuisées ! ceint avec tonnelles
Et criant avec mille rix.

15

Je lui ai parlé de puissance et d'orgueil,
Mais mystiquement – sous une telle forme
Qu'elle pouvait considérer que ce n'était rien à côté de
L'inverse du moment ; dans ses yeux
J'ai lu, peut-être trop négligemment...
Un sentiment mêlé au mien...
La rougeur sur sa joue brillante, pour moi
Semblait devenir un trône de reine
Trop bien pour que je le laisse faire
La lumière dans le désert seul.

16

Je me suis alors enveloppé de grandeur,
Et il a enfilé une couronne visionnaire...
Pourtant, ce n'était pas cette Fantasy
Avait jeté son manteau sur moi...

Mais que, parmi la populace — les hommes,
L'ambition du lion est enchaînée —
Et s'accroupit dans la main d'un gardien —
Ce n'est pas le cas dans les déserts où le grand
La sauvage, la terrible conspiration
Avec leur propre souffle pour attiser son feu.

17

Regarde autour de toi maintenant sur Samarcand ! —
N'est-elle pas la reine de la Terre ? Sa fierté
Au-dessus de toutes les villes ? dans sa main
Leur destin ? dans tout le reste
De la gloire que le monde a connue
Ne se tient-elle pas noblement et seule ?
La chute, son véritable tremplin
Formera le piédestal d'un trône —
Et qui est son souverain ? Timour — il
Que le peuple étonné a vu
Arpentant les empires avec orgueil
Un hors-la-loi diadème —

18

O! l'amour humain ! ton esprit donné,
Sur la Terre, de tout ce que nous espérons au Ciel !
Qui tombent dans l'âme comme la pluie
Sur la plaine desséchée du Siroc,

Et échouant dans ton pouvoir de bénir
Mais laisse le cœur désert !
Idée! qui lient la vie autour de soi
Avec une musique d'un son si étrange
Et la beauté d'une naissance si sauvage —
Adieu! car j'ai gagné la Terre !

19

Quand l'Espérance, l'aigle qui s'élevait, pouvait voir
Aucune falaise au-delà de lui dans le ciel,
Ses pignons étaient pliés et tombants...
Et vers la maison se tourna vers l'œil adouci.

20

C'était le coucher du soleil : quand le soleil se séparera
Il y a une morosité de cœur
À celui qui voulait encore regarder
La gloire du soleil d'été.
Cette âme haïra la brume qui s'élève
Si souvent charmant, et énumérera
Au son des ténèbres qui viennent (connu
À ceux dont l'esprit écoute) comme un seul
Qui, dans un rêve de nuit, volerait
Mais ne peut pas à cause d'un danger proche.

Qu'est-ce que c'est que la lune — la lune blanche
Répand toute la splendeur de son midi,
Son sourire est glacial - et son rayon,
En cette période de tristesse, semblera
[Alors comme si tu te rassemblais dans ton souffle]
Un portrait réalisé après la mort.
Et l'enfance est un soleil d'été
Dont le déclin est le plus morne...
Car tout ce que nous vivons pour savoir est connu
Et tout ce que nous cherchons à garder s'est envolé —
Que la vie tombe donc, comme la fleur du jour
Avec la beauté de midi - c'est tout.

22

J'ai atteint ma maison — ma maison plus jamais —
Car tous ceux qui l'avaient rendu ainsi avaient fui...
Je suis passé par sa porte moussue,
Et, bien que ma démarche fût douce et basse,
Une voix s'éleva de la pierre du seuil
De celui que j'avais connu plus tôt...
O! Je te défie, enfer, de montrer
Sur les lits de feu qui brûlent en dessous,
Un cœur plus humble — un malheur plus profond —

Père, je crois fermement...
Je sais — pour la Mort qui vient pour moi
Des régions les plus bénies au loin,
Où il n'y a rien à tromper,
A laissé sa porte de fer entrouverte,
Et les rayons de la vérité, vous ne pouvez pas les voir
Clignotent à travers l'éternité...
Je crois qu'Eblis a
Un piège sur le chemin de chaque homme —
Autrement comment, quand dans le bosquet sacré
J'ai erré de l'idole, Amour,
Qui parfume chaque jour ses ailes enneigées
Avec de l'encens d'holocaustes
Des choses les moins polluées,
Dont les agréables tonnelles sont pourtant si déchirées
Au-dessus avec des rayons treillis du ciel
Aucune paille ne peut se dérober — aucune mouche la plus petite
L'éclaircissement de son œil d'aigle...
Comment se fait-il que l'Ambition se soit glissée,
Invisible, au milieu des réjouissances là-bas,
Jusqu'à ce que, s'enhardissant, il rit et bondit
Dans l'enchevêtrement des cheveux de l'Amour ?

POÈMES DIVERS.

Mon néant — mes désirs —
Mes péchés — et ma contrition —
SOUTHEY E PERSIS.

Et quelques fleurs, mais pas de baies.
MILTO

PRÉFACE.

1

ROMANCE qui aime hocher la tête et chanter
Avec tête somnolente et aile repliée
Parmi les feuilles vertes qui tremblent
Au fond d'un lac ombragé
Pour moi, un paroquet peint
A été — un oiseau des plus familiers —
Il m'a appris mon alphabet pour dire —
Pour balbutier mon tout premier mot
Tandis que dans le bois sauvage, je me suis couché
Un enfant – avec un œil des plus intelligents.

2

Des dernières années éternelles du Condor
Secouez donc l'air même en haut
Avec le tumulte, tandis qu'ils tonnent,
J'ai à peine eu le temps de m'occuper
À travers la contemplation du ciel inquiet !
Et, quand une heure avec des ailes plus calmes
C'est sur mon esprit qui j'y jette —
Ce petit temps avec la lyre et la rime
Pour passer le temps – des choses interdites !
Mon cœur serait ressenti comme un crime
N'a-t-il pas tremblé avec les cordes !

1.

À ——— ———

1

Si ma jeunesse me semble,
[Aussi bien qu'il se pourrait,] un rêve —
Pourtant, je n'édifie aucune foi
Le roi Napoléon...
Je ne lève pas les yeux au loin
Pour mon destin dans une étoile :

2

En se séparant de toi maintenant
Voilà ce que j'avouerai :
Il y a des êtres, et il y a eu
Que mon esprit n'avait pas vu
Les avais-je laissés passer
Avec un œil rêveur —
Si ma paix s'est enfuie
Dans une nuit — ou dans un jour —
Dans une vision – ou dans aucune vision –
Est-ce donc le moins parti ? —

3

Je suis debout au milieu du rugissement
D'un rivage battu par les intempéries,

Et je tiens dans ma main
Quelques particules de sable...
Combien peu ! et comment ils rampent
À travers mes doigts jusqu'aux profondeurs !
Mes premiers espoirs ? non — ils
S'en est allé glorieusement,
Comme l'éclair du ciel
Tout de suite – et moi aussi.

4

Si jeune ? ah! non — pas maintenant —
Tu n'as pas vu mon front,
Mais on te dit que je suis orgueilleuse...
Ils mentent — ils mentent à haute voix —
Ma poitrine bat de honte
À la modicité du nom
Avec lesquels ils osent combiner
Un sentiment comme le mien...
Ni stoïcien ? Je ne suis pas:
Dans la terreur de mon sort
Je ris en pensant combien pauvre
Ce plaisir « d'endurer ! »
Quoi! ombre de Zeno ! — Moi !
Supporter! — non — non — défier.

2.

À —— ——

1

Je t'ai vu le jour de tes noces...
Quand une rougeur brûlante t'est venue
Bien que le bonheur soit autour de toi,
Le monde s'aime tout devant toi :

2

Et, dans ton œil une lumière qui s'allume
[Quoi qu'il en soit]
Était tout sur la terre ma vue enchaînée
De la Beauté pouvait voir.

3

Ce rougissement, peut-être, était une honte de jeune fille...
En tant que tel, il se peut bien...
Quoique sa lueur ait soulevé une flamme plus ardente
Dans son sein, hélas !

4

Qui t'a vu le jour de tes noces,
Quand cette profonde rougeur viendrait sur toi,
Bien que le bonheur t'entoure,
Le monde s'aime tout devant toi.

3.

À —— ——

1

Les tonnelles où, dans les rêves, je vois
Les oiseaux chanteurs les plus dévergondés
Sont des lèvres — et toute ta mélodie
Des paroles engendrées par les lèvres —

2

Tes yeux, dans le ciel du cœur enchâssés
Puis tombent désolés,
O! Dieu! sur mon esprit funèbre
Comme la lumière des étoiles sur un voile —

3

Ton cœur, ton cœur ! — Je me réveille et je soupire,
Et dormir pour rêver jusqu'au jour
De la vérité que l'or ne peut jamais acheter —
Des bagatelles qu'il peut le faire.

4.

À LA RIVIÈRE ————————

1

Belle rivière ! dans ton flot clair et lumineux
D'une eau labyrinthique,
Tu es un emblème de la lueur
De la beauté — le cœur non caché —
L'émerveillement ludique de l'art
Dans la fille du vieil Alberto...

2

Mais quand dans ton onde elle regarde...
Qui brille alors, et tremble —
Pourquoi, alors, le plus joli des ruisseaux
Son adorateur ressemble...
Car dans mon cœur — comme dans ton ruisseau —
Son image ment profondément —
Le cœur qui tremble à la poutre,
L'examen minutieux de ses yeux.

5.

LE LAC — À ——

1

Au printemps de la jeunesse, c'était mon lot
Pour hanter le vaste monde un endroit
Ce que je ne pouvais pas aimer moins,
Tant la solitude était belle
D'un lac sauvage bordé de roches noires,
Et les grands pins qui s'élevaient tout autour :
Mais quand la nuit lui eut jeté le voile
À cet endroit — comme à tous,
Et le vent noir murmurait,
Dans un chant mélodieux —
Mon esprit d'enfant se réveillerait
À la terreur du lac solitaire.

2

Pourtant, cette terreur n'était pas de la peur...
Mais un délice tremblant —
Un sentiment qui n'est pas le mien
Devrait jamais me soudoyer pour définir —
Ni l'Amour, bien que l'Amour soit à toi :

La mort était dans cette vague empoisonnée —
Et, dans son gouffre, une tombe digne de ce nom
Pour celui qui pouvait ainsi apporter la consolation
À sa seule imagination...
Dont l'âme solitaire pourrait faire
Un Eden de ce lac sombre.

6.

ESPRITS DES MORTS.

1

Ton âme se trouvera seule
« Au milieu des sombres pensées de la pierre tombale grise —
Pas un seul, de toute la foule, pour faire levier
Dans ton heure de secret :

2

Restez silencieux dans cette solitude
Ce n'est pas la solitude — car alors
Les esprits des morts qui se tenaient debout
Dans la vie devant toi sont de nouveau [page 66 :]
Dans la mort autour de toi — et leur volonté
Alors te couvrira de son ombre : sois tranquille.

3

Car la nuit, quoique claire, froncera les sourcils,
Et les étoiles ne regarderont pas en bas,
De leurs hauts trônes dans le ciel,
Avec une lumière comme l'espoir donnée aux mortels —
Mais leurs orbes rouges, sans rayon,
À ta lassitude semblera
Comme une brûlure et une fièvre
Qui s'attacherait à toi pour toujours :

4

Maintenant, ce sont des pensées que tu ne banniras pas...
Maintenant, les visions ne s'évanouissent pas...
De ton esprit ils passeront
Plus jamais — comme une goutte de rosée de l'herbe :

5

La brise — le souffle de Dieu — est encore...
Et la brume sur la colline
Sombre — ténébreux — mais ininterrompu,
C'est un symbole et un jeton —
Comme il est suspendu aux arbres,
Un mystère de mystères ! —

7.

UN RÊVE.

1

Dans les visions de la nuit noire
J'ai rêvé que la joie s'en est allée —
Mais un rêve éveillé de vie et de lumière
M'a laissé le cœur brisé :

2

Et ce qui n'est pas un rêve le jour
Vers celui dont les yeux sont fixés
Sur les choses autour de lui avec un rayon
Se tourner vers le passé ?

3

Ce rêve sacré — ce rêve sacré,
Tandis que tout le monde réprimandait,
M'a encouragé comme un beau rayon
Un esprit solitaire guidant :

4

Qu'est-ce que cette lumière, à travers la tempête et la nuit
Tremblait de loin —
Quoi de plus brillant
Dans l'étoile du jour de la Vérité ? —

8.

À M...

O! Peu m'importe que mon sort terrestre
Il y a peu de Terre en elle...
Que des années d'amour ont été oubliées
Dans la fièvre d'une minute —

2

Je ne fais pas attention à ce que les désolés
Sont plus heureux, plus doux que moi...
Mais que tu te mêles de mon destin
Qui sont des passants.

3

Ce n'est pas que mes sources de félicité
Sont jaillissants - étranges ! avec des larmes —
Ou que le frisson d'un seul baiser
A été paralysé pendant de nombreuses années...

4

Ce n'est pas que les fleurs de vingt printemps
Qui se sont desséchés en s'élevant

Repose mort sur mes cordes sensibles
Avec le poids d'une ère de neiges.

5

Ni que l'herbe — O ! Puisse-t-il prospérer !
Sur ma tombe grandit ou grandit —
Mais cela, alors que je suis mort et encore vivant
Je ne peux pas être, madame, seule.

9.

ROYAUME DES FÉES.

Des vallées sombres — et des inondations ténébreuses —
Et des bois nuageux,
Dont nous ne pouvons pas découvrir les formes
Pour les larmes qui coulent partout.
D'énormes lunes y croissent et décroîtrent —
Encore - encore - encore - encore -
À chaque moment de la nuit —
Pour toujours changer de lieux —
Et ils éteignirent la lumière des étoiles
Avec le souffle de leurs visages pâles ;

Environ douze sur le cadran lunaire
L'une, plus filmée que les autres
[Une sorte de
Ils ont trouvé être les meilleurs]
Descend – toujours en bas – et descend
Avec son centre sur la couronne
De l'éminence d'une montagne,
Bien que sa large circonférence
Dans les chutes de draperie faciles
À travers des hameaux et de riches salles,
Où qu'ils se trouvent...
Sur les bois étranges — Sur la mer —
Au-dessus des esprits sur l'aile
Par-dessus chaque chose somnolente —
Et les enterre tout à fait
Dans un labyrinthe de lumière...
Et puis, à quelle profondeur ! O! profond!
C'est la passion de leur sommeil !
Le matin, ils se lèvent,
Et leur couverture lunaire
S'élève dans les cieux,
Avec les tempêtes qui s'agitent,

Comme ——— presque n'importe quoi —
Ou un albatros jaune.
Ils n'utilisent plus cette lune
Dans le même but que précédemment...
Videlicet une tente —
Ce que je trouve extravagant :
Ses atomes, cependant,
Dans une douche dissever,
Dont ces papillons,
De la Terre, qui cherche les cieux,
Et ainsi redescendez,
(Les incrédules !)
Avoir apporté un spécimen
Sur leurs ailes frémissantes.

POEMS

BY

EDGAR A. POE.

TOUT LE MONDE A RAISON.—ROCHEFOUCAULT

SECOND EDITION.

New York:
PUBLISHED BY ELAM BLISS.
1831.

POÈMES

PAR

EDGAR A. POE.

TOUT LE MONDE A RAISON. — ROCHEFOUCAULT

DEUXIÈME ÉDITION.

New York:

PUBLIÉ PAR ELAM BLISS.

. . . .

1831.

Table Des Matières

À

LE CORPS DES CADETS DES ÉTATS-UNIS

CE VOLUME

EST RESPECTUEUSEMENT DÉDIÉ.

LETTRE.

Dites à l'esprit combien il se dispute
Dans les points inconstants de la gentillesse —
Dites à la sagesse qu'elle s'emmêle
Lui-même dans l'excès de sagesse.

Sir Walter Raleigh.

LETTRE À M. —— ——

West Point, —— 1831.

CHER B——.

* * * * * * *

    Croyant qu'une partie seulement de mon ancien volume méritait une seconde édition, j'ai pensé qu'il valait mieux inclure cette petite partie dans le présent livre que de la republier elle-même. J'ai donc combiné ici Al Aaraaf et Tamerlan avec d'autres poèmes jusqu'ici non imprimés. Je n'ai pas non plus hésité à insérer dans les « Poèmes mineurs », que j'ai omis, des vers entiers, et même des passages, afin qu'étant placés sous un jour plus juste, et les ordures dans lesquelles ils étaient trempés, secoués de ceux-ci, ils aient quelque chance d'être vus par la postérité.

* * * * *

    On a dit qu'une bonne critique d'un poème peut être écrite par quelqu'un qui n'est pas poète lui-même. Cela, d'après votre idée et la mienne de la poésie, me semble faux : moins la critique est poétique, moins la critique est juste, et inversement. Pour cette raison, et parce qu'il n'y a que peu de B... dans le monde, je serais autant honteux de la bonne opinion du monde que fier de la vôtre. Un autre que vous pourrait observer ici : « Shakspeare est en possession de la bonne opinion du monde, et pourtant Shakspeare est le plus grand des poètes. Il semble donc que le monde juge correctement, pourquoi auriez-vous honte de leur jugement favorable ? La difficulté réside dans l'interprétation du mot « jugement » ou « opinion ». L'opinion est du monde, à vrai dire, mais on peut l'appeler la leur comme un homme appellerait un livre sien, l'ayant acheté ; Il n'a pas écrit le livre, mais c'est le sien ; Ils ne sont pas à l'origine de l'opinion, mais c'est la leur. Un imbécile, par exemple, pense que Shakspeare est un grand poète – et pourtant l'imbécile n'a jamais lu Shakspeare. Mais le prochain de l'insensé, qui est un cran plus haut dans les Andes de l'esprit, dont la tête (c'est-à-dire sa pensée la plus élevée) est trop au-dessus de l'insensé pour être vue ou comprise, mais dont les pieds (j'entends par là ses actions quotidiennes) sont assez proches pour être discernés, et au moyen desquels cette supériorité est établie, ce qui , sans eux, n'aurait jamais été découvert — ce voisin affirme que Shakspeare est un grand poète — le fou le croit, et c'est dès lors son opinion. L'opinion de ce voisin a, de la même manière, été adoptée de quelqu'un au-dessus de lui, et ainsi, ascendantment, à quelques individus doués, qui s'agenouillent autour du sommet, contemplant, face à face, l'esprit maître qui se tient sur le pinacle.

* * * * *

Vous êtes conscient de la grande barrière sur le chemin d'un écrivain américain. Il est lu, si tant est qu'il le soit, de préférence à l'esprit combiné et établi du monde. Je dis établi ; Car il en est de la littérature comme du droit ou de l'empire : un nom établi est un domaine en tenure, ou un trône en possession. D'ailleurs, on pourrait supposer que les livres, comme leurs auteurs, s'améliorent par les voyages : le fait d'avoir traversé la mer est, chez nous, une si grande distinction. Nos antiquaires abandonnent le temps pour la distance ; notre très fops jette un coup d'œil de la reliure au bas de la page de titre, où les caractères mystiques qui épellent Londres, Paris ou Gênes sont précisément autant de lettres de recommandation.

* * * * *

J'ai mentionné tout à l'heure une erreur vulgaire en ce qui concerne la critique. Je pense que l'idée qu'aucun poète ne peut se faire une idée correcte de ses propres écrits en est une autre. J'ai déjà remarqué qu'en proportion du talent poétique serait la justice d'une critique de la poésie. Par conséquent, un mauvais poète ferait, je l'accorde, une fausse critique, et son amour-propre biaiserait infailliblement son petit jugement en sa faveur ; mais un poète, qui est vraiment un poète, ne pourrait pas, je pense, manquer de faire une juste critique. Tout ce qui devrait être déduit sur le compte de l'amour-propre, pourrait être remplacé à cause de sa connaissance intime du sujet ; Bref, nous avons plus d'exemples de fausses critiques que de justes, où nos propres écrits sont l'épreuve, simplement parce que nous avons plus de mauvais poètes que de bons. Il y a bien sûr beaucoup d'objections à ce que je dis : Milton est un excellent exemple du contraire ; mais son opinion sur le Paradis retrouvé n'est nullement arrêtée à juste titre. Par quelles circonstances triviales les hommes sont souvent amenés à affirmer ce qu'ils ne croient pas réellement ! Peut-être qu'un mot involontaire est parvenu à la postérité. Mais, en fait, le Paradis retrouvé est peu, sinon pas du tout, inférieur au Paradis perdu, et n'est supposé l'être que parce que les hommes n'aiment pas les épopées, quoi qu'ils puissent dire du contraire, et qu'en lisant celles de Milton dans leur ordre naturel, ils sont trop fatigués de la première pour tirer aucun plaisir de la seconde.

J'ose dire que Milton préférait Comus à l'un ou l'autre – si c'est le cas – à juste titre.

* * * * *

Puisque je parle de poésie, il ne sera pas inutile d'aborder un peu l'hérésie la plus singulière de son histoire moderne – l'hérésie de ce qu'on appelle très sottement l'école du lac. Il y a quelques années, j'aurais pu être induit, par une occasion comme celle-ci, à tenter une réfutation formelle de leur doctrine ; À l'heure actuelle, ce serait une œuvre de surérogation. Les sages doivent s'incliner devant la sagesse d'hommes tels que Coleridge et Southey, mais étant sages, ils se sont moqués de théories poétiques si prosaïquement illustrées.

Aristote, avec une assurance singulière, a déclaré que la poésie était le plus philosophique de tous les écrits[*]— mais il fallait un Wordsworth pour le déclarer le plus métaphysique. Il semble penser que la fin de la poésie est, ou devrait être, l'instruction – pourtant c'est un truisme que la fin de notre existence est le bonheur ; Si c'est le cas, la fin de chaque partie séparée de notre existence – tout ce qui est lié à notre existence devrait toujours être le bonheur. Donc la fin de l'instruction doit être la béatitude ; et le bonheur est un autre nom pour le plaisir ; — donc la fin de l'instruction doit être le plaisir : cependant nous voyons que l'opinion dont nous venons de parler implique précisément le contraire.

Poursuivons : toutes choses égales par ailleurs, celui qui plaît a plus d'importance pour ses semblables que celui qui instruit, puisque l'utilité est le bonheur, et que le plaisir est la fin déjà obtenue, que l'instruction n'est que le moyen d'obtenir.

Je ne vois donc aucune raison pour que nos poètes métaphysiques s'enorgueillissent tant de l'utilité de leurs œuvres, à moins qu'ils ne se réfèrent à l'enseignement en vue de l'éternité ; auquel cas, un respect sincère pour leur piété ne me permettrait pas d'exprimer mon mépris pour leur jugement ; mépris qu'il serait difficile de dissimuler, puisque leurs écrits sont censés être compris par quelques-uns, et que c'est le grand nombre qui a besoin du salut. Dans ce cas, je serais sans doute tenté de penser au diable de Melmoth, qui travaille inlassablement à travers trois volumes in-octavo pour accomplir la destruction d'une ou deux âmes, tandis que n'importe quel diable aurait démoli une ou deux mille.

✶ ✶ ✶ ✶ ✶

Contre les subtilités qui feraient de la poésie une étude, non pas une passion, elle devient métaphysicien de la raison, mais poète de la protestation. Pourtant, Wordsworth et Coleridge sont des hommes d'âge ; L'un imprégné de contemplation dès son enfance, l'autre géant d'intellect et d'érudition. La méfiance avec laquelle j'ose contester leur autorité serait donc écrasante, si je ne sentais pas, du fond du cœur, que l'apprentissage a peu à voir avec l'imagination, l'intellect avec les passions, ou l'âge avec la poésie.

✶ ✶ ✶ ✶ ✶

« Des bagatelles, comme des pailles, sur l'écoulement superficiel,
Celui qui veut chercher des perles doit plonger en dessous, »

99

sont des lignes qui ont fait beaucoup de mal. En ce qui concerne les plus grandes vérités, les hommes se trompent souvent en les cherchant au bas plutôt qu'au sommet ; La profondeur réside dans les immenses abîmes où la sagesse est recherchée – pas dans les palais palpables où elle se trouve. Les anciens n'ont pas toujours eu raison de cacher la déesse dans un puits : témoin la lumière que Bacon a jetée sur la philosophie ; Témoin les principes de notre foi divine, ce mécanisme moral par lequel la simplicité d'un enfant peut l'emporter sur la sagesse d'un homme.

La poésie, par-dessus tout, est un beau tableau dont les teintes, à une inspection minutieuse, sont une confusion encore plus confuse, mais commencent hardiment au coup d'œil superficiel du connaisseur.

Nous voyons un exemple de la vulnérabilité de Coleridge à l'erreur, dans sa Biographia Literaria – professant sa vie littéraire et ses opinions, mais, en fait, un traité de omni scibili et quibusdam aliis. Il se trompe à cause de sa profondeur même, et de son erreur, nous avons un type naturel dans la contemplation d'une étoile. Celui qui la regarde directement et intensément voit, il est vrai, l'étoile, mais c'est l'étoile sans rayon — tandis que celui qui la contemple avec moins de curiosité est conscient de tout ce pour quoi l'étoile nous est utile en bas — son éclat et sa beauté.

☆ ☆ ☆ ☆ ☆

Quant à Wordsworth, je n'ai aucune confiance en lui. Qu'il ait eu, dans sa jeunesse, les sentiments d'un poète, je le crois — car il y a des aperçus d'une extrême délicatesse dans ses écrits — (et la délicatesse est le royaume du poète — son eldorado) — mais ils ont l'apparence d'un jour meilleur ; et les aperçus, au mieux, ne sont que de petites traces du feu poétique actuel - nous savons que quelques fleurs éparses poussent chaque jour dans les crevasses de l'Avalanche.

Il était à blâmer pour avoir usé sa jeunesse dans la contemplation avec la fin de la poétisation dans sa virilité. Avec l'accroissement de son jugement, la lumière qui devait le faire apparaître s'est éteinte. Son jugement est donc trop juste. Cela n'est peut-être pas compris, mais les vieux

Goths d'Allemagne l'auraient compris, eux qui avaient l'habitude de débattre deux fois des questions importantes pour leur État, une fois lorsqu'ils étaient ivres, et une fois lorsqu'ils étaient sobres – sobres pour ne pas manquer de formalité – ivres de peur d'être dépourvus de vigueur.

Les longues discussions verbeuses par lesquelles il essaie de nous raisonner pour nous faire admirer sa poésie, parlent très peu en sa faveur : elles sont pleines d'affirmations comme celle-ci : (j'ai ouvert un de ses volumes au hasard) : « Du génie, la seule preuve est l'acte de bien faire ce qui vaut la peine d'être fait, et ce qui n'a jamais été fait auparavant » – en effet ! alors il s'ensuit qu'en faisant ce qui est indigne d'être fait, ou ce qui a été fait auparavant, aucun génie ne peut être démontré : pourtant le fait de faire les poches est un acte indigne, les poches ont été choisies depuis des temps immémoriaux, et Barrington, le pickpocket, en ce qui concerne le génie, aurait eu beaucoup d'idées à une comparaison avec William Wordsworth, le poète.

Encore une fois, dans l'estimation du mérite de certains poèmes, qu'ils soient d'Ossian ou de M'Pherson, cela peut certainement être de peu d'importance, cependant, pour prouver leur inutilité, M. W. a consacré de nombreuses pages à la controverse. Tantæne animis ? De grands esprits peuvent-ils descendre à une telle absurdité ? Mais ce qu'il y a de pire, c'est que, pour pouvoir faire tomber tous les arguments en faveur de ces poèmes, il traîne triomphalement en avant un passage dans l'abomination duquel il s'attend à ce que le lecteur compatisse. C'est le début du poème épique « Temora ». « Les vagues bleues d'Ullin roulent dans la lumière ; les collines verdoyantes sont couvertes de jour ; les arbres secouent leurs têtes sombres dans la brise. Et celle-ci – cette imagerie magnifique, mais simple – où tout est vivant et haletant d'immortalité – que la terre n'a rien de plus grand, ni de paradis plus beau – cela – William Wordsworth, l'auteur de Peter Bell, l'a choisi pour l'honorer de son mépris impérial. Nous verrons ce qu'il a de mieux à offrir en sa personne. Imprimis :

« Et maintenant, elle est à la tête du poney,
Et maintenant, elle est à la queue du poney,
De ce côté-ci maintenant, et maintenant de celui-ci,

Et l'étouffa presque de bonheur...
Quelques larmes tristes versent Betty,
Elle caresse le poney où et quand
Elle ne sait pas : heureuse Betty Foy !
Ô Johnny ! tant pis pour le Docteur !

Deuxièmement:

« La rosée tombait rapidement, les étoiles ont commencé à clignoter,
J'entendis une voix, elle disait... bois, jolie créature, bois ;
Et regardant par-dessus la haie, sois — avant moi j'ai aperçu
Un agneau de montagne blanc comme neige avec une jeune fille à ses
côtés,
Il n'y avait pas d'autres brebis à proximité, l'agneau était tout seul,
Et par une mince corde était — attaché à une pierre.

Maintenant, nous n'avons aucun doute que tout cela est vrai, nous le croirons, en effet, M. W. Est-ce de la sympathie pour les brebis que vous souhaitez exciter ? J'aime un mouton du fond du cœur.

☆ ☆ ☆ ☆ ☆

Mais il y a des occasions, cher B——, il y a des occasions où même Wordsworth est raisonnable. Même Stamboul, dit-on, aura une fin, et les plus malencontreuses bévues doivent avoir une fin. Voici un extrait de sa préface.

« Ceux qui ont été habitués à la phraséologie des écrivains modernes, s'ils persistent à lire ce livre jusqu'à une conclusion (impossible !) devront sans doute lutter contre des sentiments de maladresse ; (ha ! ha ! ha !) Ils chercheront autour d'eux de la poésie (ha ! ha ! ha ! ha !) et seront amenés à s'enquérir de quelle sorte de courtoisie ces tentatives ont été autorisées à prendre ce titre. Ha! ha! ha! ha! ha!

Mais que M. W. ne désespère pas, il a donné l'immortalité à un chariot, et l'abeille Sophocle a éternisé un orteil endolori, et honoré une tragédie d'un chœur de dindes.

* * * * *

Je ne peux parler de Coleridge qu'avec révérence. Son intellect vertigineux ! Sa puissance gigantesque ! Pour employer un auteur qu'il cite lui-même : « J'ai trouvé souvent que la plupart des sectes ont raison dans une bonne partie de ce quelles quelles avancent, mais non pas en ce quelles nient, » et, pour employer son propre langage, il a imprégné ses propres conceptions de la barrière qu'il a érigée contre celles des autres. Il est lamentable de penser qu'un tel esprit puisse être enseveli dans la métaphysique, et, comme les Nyctanthes, gaspiller son parfum sur la nuit seule. En lisant la poésie de cet homme, je tremble, comme quelqu'un qui se tient sur un volcan, conscient, de l'obscurité même qui jaillit du cratère, du feu et de la lumière qui brillent en bas.

* * * * *

Qu'est-ce que la poésie ? — La poésie ! cette idée à la Protée, avec autant d'appellations que la Corcyre aux neuf titres ! Donnez-moi, ai-je demandé à un érudit il y a quelque temps, donnez-moi une définition de la poésie ? « Très volontiers », — et il se dirigea vers sa bibliothèque, m'apporta un Dr Johnson, et me submergea d'une définition. Ombre de l'immortel Shakspeare ! Je me suis imaginé le regard renfrogné de votre œil spirituel sur les grossièretés de cette calomnieuse Grande Ourse. Pensez à la poésie, cher B——, pensez à la poésie, et puis pensez à — le Dr Samuel Johnson ! Pensez à tout ce qui est aérien et féerique, et puis à tout ce qui est hideux et lourd ; pensez à son énorme bulk, l'Éléphant ! et puis — et puis pensez à la Tempête — le Songe d'une nuit d'été — Prospero — Obéron — et Titania !

* * * * *

103

Un poème, à mon avis, s'oppose à une œuvre de science en ce qu'il a, pour objet immédiat, le plaisir et non la vérité ; au romantisme, en ce qu'il a pour objet un plaisir indéfini au lieu d'un plaisir déterminé, n'étant un poème que dans la mesure où cet objet est atteint ; le romantisme présentant des images sensibles avec des sensations définies, une poésie avec des sensations indéfinies. à cette fin, la musique est essentielle, puisque la compréhension du son doux est notre conception la plus indéfinie. La musique, lorsqu'elle est combinée à une idée agréable, est de la poésie ; La musique sans l'idée est simplement de la musique ; L'idée sans la musique est de la prose de par sa certitude même.

Que signifiait l'invective contre celui qui n'avait pas de musique dans l'âme ? [[sic]]

☆ ☆ ☆ ☆ ☆

Pour résumer cette longue plaisanterie, j'ai, cher B————, ce que vous voyez sans doute, pour les poètes métaphysiques, en tant que poètes, le mépris le plus souverain. Qu'ils aient des adeptes ne prouve rien...

Aucun prince indien n'a à son palais
Plus de disciples qu'un voleur à la potence.

104

INTRODUCTION.

Romance, qui aime hocher la tête et chanter,
La tête somnolente et l'aile repliée,
Parmi les feuilles vertes qui tremblent
Au fond d'un lac sombre,
Pour moi, un paroquet peint
A été — un oiseau des plus familiers —
Il m'a appris mon alphabet pour dire —
Pour balbutier mon tout premier mot
Tandis que dans le bois sauvage, je me couchais
Un enfant – avec un œil des plus intelligents.

Les années suivantes, trop sauvages pour être chantées,
Puis roulaient comme des tempêtes tropicales,
Où, bien que les lumières criardes qui volent
Mourant dans le ciel troublé.

Étendu nu, à travers des perspectives déchirées par le tonnerre,
L'obscurité du Ciel général,
Cette obscurité même se jette encore
Lumière sur l'aile argentée de l'éclair.

Car, étant un garçon oisif lang syne,
Qui lisait Anacréon et buvait du vin,
J'ai découvert de bonne heure les rimes d'Anacréon
Étaient presque passionnés parfois...
Et par une étrange alchimie du cerveau
Ses plaisirs se transformaient toujours en douleur...
Sa naïveté face au désir sauvage...
Son esprit à aimer — son vin à brûler —
Et donc, être jeune et trempé dans la folie
Je suis tombée amoureuse de la mélancolie,
Et j'avais l'habitude de jeter mon repos terrestre
Et tranquille tout le monde en plaisantant —
Je ne pourrais aimer que là où la Mort
Mêlait le sien au souffle de la Belle —
Ou l'hymen, le temps et le destin
Ils se traquaient entre elle et moi.

Ô, puis les éternelles années Condor
Ainsi ébranla les Cieux en haut,

106

Avec du tumulte comme ils tonnaient ;
Je n'avais pas le temps de m'occuper inutilement,
À travers la contemplation du ciel inquiet !
Ou si une heure avec une aile plus calme
C'est tombé sur mon esprit jeté,
Cette petite heure de lyre et de rime
S'évader – chose interdite !
Mon cœur craignait à moitié d'être un crime
À moins qu'il ne tremble avec la corde.

Mais maintenant mon âme a trop de place...
Fini la gloire et l'obscurité —
Le noir s'est adouci en gris,
Et tous les incendies s'éteignent.

Mon courant de passion a été profond —
Je me délectais et je voulais maintenant dormir...
Et l'ivresse de l'âme
Succèdent les gloires de la coupe —
Une nostalgie oisive nuit et jour
Pour rêver ma propre vie.

Mais les rêves — de ceux qui rêvent comme moi,
Aspirants, sont damnés, et meurent :

Pourtant, devrais-je jurer que je veux dire seul,
Par des notes si aiguës,
Pour rompre avec la monotonie du Temps,
Tandis que ma joie et mon chagrin insipides
Sont sans teinte de la feuille jaune —
Pourquoi pas un diablotin de la barbe grise,
Secouera son ombre sur mon passage —
Et même la barbe grise aura l'air
De connivence avec mon livre de rêves.

À HÉLÈNE.

———

Hélène, ta beauté est pour moi
Comme ces barques nicéennes d'antan,
Que doucement, sur une mer parfumée,
Le vagabond fatigué et usé par le chemin
Vers son rivage natal.

Sur des mers désespérées qui ont longtemps l'habitude d'errer,
Tes cheveux jacinthes, ton visage classique,
Tes airs de naïade m'ont ramené à la maison
À la beauté de la belle Grèce,
Et la grandeur de la vieille Rome.

Voilà! dans cette petite niche-fenêtre
Comme je te vois debout comme une statue !
Le parchemin plié dans ta main —
Une Psyché des régions qui
Sont la terre sainte !

ISRAFEL.*

I.

Dans le ciel, un esprit habite
Dont le cœur est un luth —
Aucun ne chante aussi sauvagement — aussi bien
Comme l'ange Israfel —
Et les étoiles étourdissantes sont muettes.

II.

Trébuchant au-dessus
Dans son plus grand midi
La lune amoureuse
Rougit d'amour —
Tandis que, pour écouter, le levier rouge
Pauses au ciel.

*Et l'ange Israfel qui a le
la voix la plus douce de toutes les créatures de Dieu.
— CORAN.

III.

Et ils disent (le chœur étoilé
Et toutes les choses d'écoute)
Que le feu d'Israfeli
C'est à cause de cette lyre
Avec ces cordes inhabituelles.

IV.

Mais les Cieux que l'ange a foulés
Où les pensées profondes sont un devoir —
Où l'Amour est un dieu adulte —
Où sont les regards de Houri ...
— Restez ! détourne tes yeux ! —
Imprégné de toute la beauté
Que nous adorons dans ton étoile.

V.

Tu n'as donc pas tort
Israfeli, qui méprise
Une chanson sans passion :
À toi appartiennent les lauriers
Meilleur barde, — parce que le plus sage.

VI.

Les extases ci-dessus
Avec tes mesures brûlantes s'adaptent —
Ton chagrin — s'il y en a — ton amour
Avec la ferveur de ton luth —
Que les étoiles soient muettes !

VII.

Oui, le ciel est à toi, mais cela
C'est un monde de sucrés et d'aigres-doux :
Nos fleurs ne sont que des fleurs,
Et l'ombre de ta félicité
C'est le soleil qui est le nôtre.

VIII.

Si j'habitais là où Israfel
a habité, et celui où moi,
Il ne chanterait pas la moitié aussi bien...
La moitié aussi passionnément,
Et une note plus orageuse que celle-ci enflerait
De ma lyre dans le ciel.

LA VILLE CONDAMNÉE.

Voilà! La mort s'est dressée sur un trône
Dans une ville étrange, tout seul,
Loin dans l'ouest sombre —
Et le bon, et le mauvais, et le pire, et le meilleur,
Sont allés à leur repos éternel.

Là des sanctuaires, des palais et des tours
Ne sont — pas comme n'importe quelle chose des nôtres —
O! non — O ! Non, les nôtres ne se profilent jamais
Au ciel avec cette obscurité impie !
Des tours rongées par le temps qui ne tremblent pas !
Autour, en levant les vents oubliés,
Résignée sous le ciel
Les eaux mélancoliques mentent.

Un ciel que Dieu ne méprise pas
Avec des étoiles est comme un diadème —
Nous comparons les yeux de nos dames à eux —

Mais là ! cette pâleur éternelle !
Ce serait se moquer de dire
Une telle tristesse est un paradis.

Pourtant, aucun rayon sacré ne descend
Au cours de la longue nuit de cette ville,
La lumière de la mer profonde et lugubre
S'écoule silencieusement dans les tourelles —
Des trônes en haut — des tonnelles oubliées depuis longtemps
De lierre sculpté et de fleurs de pierre —
Vers le haut des dômes — vers les flèches — vers le haut des salles
royales —
En haut des fanes — en haut des murs à la Babylone —
Plus d'un sanctuaire mélancolique
Dont les entablements s'entremêlent
Le masque – la viole – et la vigne.

Là s'ouvrent des temples, des tombes ouvertes
Sont au niveau des vagues —
Mais pas les richesses qui s'y trouvent
Dans l'œil de diamant de chaque idole.
Pas les morts gaiement parés de bijoux
Tentez les eaux de leur lit :
Car aucune ondulation ne s'enroule, hélas !
Le long de ce désert de verre...

114

Aucun gonflement n'indique que les vents peuvent être
Sur une mer lointaine et plus heureuse :
Alors mélangez les tourelles et les ombres là-bas
Qui semblent tous pendulaires dans l'air,
Tandis que des hautes tours de la ville
La mort regarde gigantesquement vers le bas.

Mais voilà ! Il y a de l'agitation dans l'air !
La vague ! Il y a une ondulation là-bas !
Comme si les tours avaient été jetées de côté,
En s'enfonçant légèrement, la marée sourde...
Comme si les toits des tourelles avaient cédé
Un vide dans le ciel filmé :
Les vagues ont maintenant une lueur plus rouge —
Les heures mêmes sont à respirer bas —
Et quand, au milieu d'aucun gémissement terrestre,
En bas, en bas de cette ville s'établira d'ici,
L'enfer s'élève d'un millier de trônes
Fera preuve de révérence,
Et la mort vers un climat plus heureux
Donnera son temps illimité.

PAYS DES FÉES.

—————

Asseyez-vous à côté de moi, Isabelle,
Ici, ma chère, où le rayon de lune tombait
Juste maintenant, si féerique et bien.
Maintenant, tu es habillé pour le paradis !
Je suis frappé d'étoiles de tes yeux !
Mon âme se prélasse sur tes soupirs !
Tes cheveux sont soulevés par la lune
Comme des fleurs par le souffle bas du mois de juin !
Asseyez-vous, asseyez-vous — comment en sommes-nous venus ici ?
Ou n'est-ce qu'un rêve, ma chère ?

Vous savez que cette fleur la plus énorme...
Cette rose — c'est comme ça que vous l'appelez — qui pendait
Debout comme une étoile de chien dans cette tonnelle —
Aujourd'hui, (le vent a soufflé, et) il a basculé

Si impudemment dans mon visage,
Donc, comme une chose vivante, vous savez,
Je l'ai arraché de sa place d'honneur
Et l'a secoué en morceaux - ainsi
Soyez toute ingratitude en retour.
Les vents s'enfuyaient avec lui ravis,
Et, à travers l'ouverture à gauche, dès que
Comme elle jetait son manteau, yon moon
A envoyé un rayon avec une mélodie.

Et ce rayon est un rayon de fée...
Ne l'avez-vous pas dit, Isabel ?
Comme il est tombé de manière fantastique
Avec une torsion en spirale et une houle,
Et sur l'herbe humide ondulait
Avec un tintement comme une cloche !
Dans mon propre pays jusqu'au bout
On peut y découvrir un rayon de lune
Qui, à travers un rideau en lambeaux, prie
Dans l'obscurité d'une pièce,
Est par (la source même de la morosité)
Les pailles, la poussière et les mouches,
Sur lequel il tremble et se couche
Comme la joie sur le chagrin !

Oh, quand viendra demain ?
Isabel! N'avez-vous pas peur
La nuit et les merveilles ici ?
Des vallées sombres ! et des inondations ténébreuses !
Et des bois d'aspect nuageux
Dont nous ne pouvons pas découvrir les formes
Pour les larmes qui coulent partout !

D'énormes lunes - voyez ! cire et décoloration
Encore - encore - encore - encore -
À chaque instant de la nuit...
Des lieux en constante évolution !
Comment ils éteignent la lumière des étoiles
Avec le souffle de leurs visages pâles !

Voilà! l'un d'eux est en train de tomber
Avec son centre sur la couronne
De l'éminence d'une montagne !
En bas — toujours en bas — et en bas —
Maintenant, profond sera — Ô profond !
La passion de notre sommeil !
Pour cette large circonférence
Dans les chutes de draperie faciles
Somnolent dans les couloirs —

Par-dessus des murs en ruine —
Au-dessus des cascades,
(Cascades silencieuses !)
Sur les bois étranges — Sur la mer —
Hélas! sur la mer !

IRÈNE.

C'est maintenant (c'est ainsi que chante la lune qui s'envole)
Minuit en ce doux mois de juin,
Quand les visions ailées aiment mentir
Paresseusement sur l'œil de la beauté,
Ou pire, sur son front pour danser
Dans la panoplie du vieux roman,
Jusqu'à ce qu'il ne reste plus de pensées et de verrous, hélas !
Une masse qui n'est pas forcément démêlée.

Une influence rosée, somnolente, sombre,
S'écoule de ce bord doré ;
Les tours grises se fondent dans le repos,
Enrouler le brouillard autour de leur poitrine :
On dirait Léthé, voyez ! Le lac
Un sommeil conscient semble prendre,
Et ne voudrait pas pour le monde se réveiller :

Le romarin dort sur la tombe —
Le lys se prélasse sur la vague —
Et [[a]] millions de pins brillants çà et là,
Des berceuses berceuses se balancent au fur et à mesure,
Au chêne solitaire qui vacille de félicité,
Hochant la tête au-dessus de l'abîme sombre.

Tous les beaux sommeils : et voilà ! où se trouve
Avec battant ouvert vers le ciel,
Irène, avec ses destins !
Ainsi bourdonne la lune dans son oreille,
« Ô dame douce ! Comment es-tu venu ici ?
« Étranges sont tes paupières, étranges ta robe !
« Et étrange ta glorieuse longueur de tresse !
« Sûr que tu es venu de mers lointaines,
« Une merveille pour nos arbres du désert !
« Un vent doux l'a jugé juste
« Pour ouvrir ta fenêtre sur la nuit,
« Et des airs débauchés de la cime des arbres,
« En riant à travers la chute du treillis,
« Et agite cette voûte cramoisie,
« Comme une bannière sur ton œil rêveur !
« Madame, réveillez-vous ! Dame réveillez-vous !
« Pour l'amour de Jésus saint !

« *Car étrangement... craintivement dans cette salle* »
« *Mes ombres teintées montent et descendent !* »

La dame dort, les morts dorment tous...
Du moins aussi longtemps que l'Amour pleure :
Envoûté, l'esprit aime à mentir
Tant que — les larmes aux yeux de Memory :
Mais quand une semaine ou deux s'écoulent,
Et le rire léger étouffe le soupir,
Indigné du tombeau
Son chemin vers un lac dont on se souvient,
Où souvent – dans la vie – avec des amis – cela allait
Pour se baigner dans l'élément pur,
Et là, de l'herbe non foulée,
Se tordant pour son front transparent
Ces fleurs qui disent (ah, écoutez-les maintenant !)
Aux vents de la nuit qui passent,
« Ai ! IA! hélas! — hélas !
Pores pendant un instant, avant qu'il ne s'en aille,
Sur les eaux claires qui coulent,
Puis s'enfonce à l'intérieur (alourdi par le malheur)
Le ciel incertain et ténébreux en dessous.
✶ ✶ ✶ ✶ ✶ ✶

La dame dort : oh ! puisse son sommeil
Comme il dure, soyez donc profond.
Pas de vers glacés à propos de son creep :
Je prie Dieu qu'elle mente
Pour toujours avec un œil aussi calme,
Cette chambre a changé pour une autre sainte...
Ce lit pour une mélancolie de plus.

Loin dans la forêt, sombre et vieux,
Pour elle, qu'une haute voûte se déploie,
Contre la porte retentissante de laquelle elle a jeté,
Dans l'enfance, plus d'une pierre oisive...
Un tombeau qui a souvent jeté ses
Et des panneaux à ailes de vampire,
Flutt'ring triomphant sur les palls
De ses anciennes funérailles familiales.

UN PÆAN.

―――――

I.

Comment le rite funéraire doit-il être lu ?
Le chant solennel sera chanté ?
Le requiem pour les plus beaux morts,
Qui est jamais mort si jeune ?

II.

Ses amis la regardent,
Et sur sa bière criarde,
Et pleurez ! — Ah ! déshonorer
Beauté morte avec une larme !

Ils l'aimaient pour sa richesse...
Et ils la haïssaient pour son orgueil...
Mais elle grandit en santé faible,
Et ils l'aiment, qu'elle soit morte.

Ils me disent (pendant qu'ils parlent
De sa « pâleur de coude coûteuse »)
Que ma voix s'affaiblit —
Que je ne chanterais pas du tout...

Ou que mon ton devrait être
Sur un chant si solennel,
Si tristement — si tristement,
Pour que les morts ne se sentent pas mal.

Mais elle est allée au-dessus,
Avec la jeune Espérance à ses côtés,
Et je suis ivre d'amour
Des morts, qui est mon épouse. —

Des morts — mort qui ment
Tout s'y est parfumé,
Avec la mort sur les yeux,
Et la vie dans ses cheveux.

VIII.

Ainsi sur le cercueil fort et long
Je frappe — le murmure envoyé
À travers les chambres grises au son de mon chant,
Sera l'accompagnement.

IX.

Tu es mort au mois de juin de ta vie...
Mais tu n'es pas mort trop beau.
Tu n'es pas mort trop tôt,
Ni d'un air trop calme.

X.

De plus que des démons sur la terre,
Ta vie et ton amour sont déchirés,
Pour se joindre à la joie intacte
De plus que des trônes dans le ciel —

XII. [[XI.]]

C'est donc à toi cette nuit
Je ne soulèverai pas de requiem,
Mais je te laisse emporter dans ton vol,
Avec un Pæan d'antan.

LA VALLÉE DE NIS.

Loin, très loin,
Loin, du moins
Se trouve cette vallée comme le jour
Dans l'est doré —
Toutes les choses belles ne sont-elles pas ?
Loin, très loin ?

On l'appelle la vallée de Nis.
Et il y a un conte syriaque
De quoi le Temps a dit
Ne doit pas être interprété.
Quelque chose à propos de la flèche de Satan —
Quelque chose à propos des ailes d'ange...
Beaucoup de choses sur un cœur brisé —
Tout sur les choses malheureuses :

Mais « la vallée Nis » au mieux
Signifie « la vallée de l'agitation ».

Une fois, il a souri un dell silencieux
Où le peuple n'habitait pas,
Partis à la guerre...
Et les étoiles sournoises et mystérieuses,
Avec un visage plein de sens,
Sur les fleurs non gardées se penchaient :
Ou le rayon du soleil dégoulinait tout rouge
À travers les tulipes au-dessus de nos têtes,
Puis pâlit en tombant
Sur le tranquille Asphodèle.

Maintenant, les malheureux se confesseront
Rien n'y est immobile :
Hélène, comme ton œil humain
Là gisent les violettes inquiètes —
Là, l'herbe des roseaux ondule
Sur la vieille tombe oubliée —
Un par un depuis la cime de l'arbre
Là tombent les rosées éternelles...
Là les arbres vagues et rêveurs

Roulent comme les mers dans la brise du nord
Autour des Hébrides orageuses —
Là, les nuages magnifiques volent,
Bruissant éternellement,
À travers le ciel épouvanté,
Roulant comme une cascade
Sur le mur ardent de l'horizon —
Là, la lune brille la nuit
Avec une lumière des plus instables —
C'est là que le soleil se lève le jour
« Au-delà des collines et au loin. »

AL AARAAF.

Qu'est-ce que la nuit a à voir avec le sommeil ?

COMUS

Une étoile a été découverte par Tycho Brahe qui a
éclaté, en un instant, avec une splendeur
surpassant celle de Jupiter - puis s'est
progressivement éteinte et est devenue
invisible à l'œil nu.

[Sonnet — À la science]

SCIENCE! rencontrer la fille de l'ancien Temps tu es

Qui change toutes choses avec tes yeux scrutateurs !

Pourquoi te nourris-tu ainsi du cœur du poète,

Vautour! dont les ailes sont de mornes réalités !

Comment devrait-il t'aimer – ou comment te jugerait-il sage

Qui ne le quitterait pas, dans son errance,

Pour chercher un trésor dans les cieux joyaux

Bien qu'il s'envole avec une aile indomptable ?

N'as-tu pas traîné Diane hors de sa voiture,

Et j'ai chassé l'Hamadryade du bois

Pour chercher un abri dans une étoile plus heureuse ?

La douce Naïade de son flot ?

Le lutin de l'herbe verte ? et de moi

Le rêve d'été sous les arbustes ?

AL ARAAF [[AARAAF]].

PREMIÈRE PARTIE.

Étoile mystérieuse !
Tu étais mon rêve
Toute une longue nuit d'été —
Soyez maintenant mon thème !
Par ce ruisseau clair,
C'est de toi que j'écrirai ;
Entre-temps de loin
Baigne-moi de lumière !

Ton monde n'a pas les scories du nôtre,
Pourtant, toute la beauté, toutes les fleurs
Qui énumèrent notre amour, ou ornent nos tonnelles
Dans les jardins de rêve, où se trouvent les
Des jeunes filles rêveuses toute la journée,

Tandis que les vents argentés de Circassy
Sur des canapés violets, ils s'évanouissent.

Petit — oh ! peu habite en toi
Comme ce que nous voyons sur la terre :
L'œil de la beauté est ici le plus bleu
Dans le plus faux et le plus impur...
Sur l'air le plus doux flotte
La note la plus triste et la plus solennelle —
Si avec toi sont brisés les cœurs,
La joie s'en va si paisiblement,
Que son écho habite encore,
Comme le murmure dans la coquille.
Tu! ton type de chagrin le plus vrai
Est-ce que la douce feuille qui tombe...
Tu! Ton cadrage est si saint
Le chagrin n'est pas la mélancolie.

C'était un doux moment pour Nésace, car il y avait
Son monde se prélassait dans l'air doré,
Près de quatre soleils brillants — un repos temporaire —
Un coin de jardin dans le désert de la plus belle.

Loin — loin — au milieu des mers de rayons qui roulent
Splendeur empyréenne de l'âme déchaînée —

L'âme qui fait rare (les vagues sont si denses)
Peut lutter jusqu'à l'éminence qui lui est destinée,
Vers des sphères lointaines, de temps en temps, elle chevauchait,
Et tard chez nous, le favorisé de Dieu...
Mais, maintenant, le souverain d'un royaume ancré,
Elle jette le sceptre, laisse le heaume,
Et, au milieu de l'encens et des hymnes spirituels,
Lave en quadruple lumière ses membres d'ange.

Maintenant le plus heureux, le plus beau de ta belle terre,
D'où naquit « l'idée de la Beauté »,
(Tombant en couronnes à travers plus d'une étoile effrayée,
Comme les cheveux d'une femme au milieu des perles, jusqu'à ce que, au
loin,
Il s'est allumé sur les collines Achaïennes, et c'est là qu'il a habité)
Elle regarda à l'infini – et s'agenouilla.
De riches nuages, en guise de dais, s'enroulaient autour d'elle...
Emblèmes dignes du modèle de son monde —
Vu mais en beauté — n'empêchant pas la vue
D'autres beautés scintillant à travers la lumière —
Une couronne qui enroulait chaque forme étoilée autour,
Et tout l'air opale en couleurs lié.

En toute hâte, elle s'agenouilla sur un lit
De fleurs : de lys comme celui qui dresse la tête

Sur le salon Capo Deucato,*et s'élança
Si impatient d'être sur le point d'être pendu
Sur les traces volantes d'un profond orgueil,
De celle qui aimait un mortel†et ainsi mourut —
La Sephalica, bourgeonnant avec de jeunes abeilles,
Dressant sa tige violette autour de ses genoux —
Et fleur gemme,‡de Trébizonde mal nommé —
Prisonnier des plus hautes étoiles, où autrefois il avait honte
Toute autre beauté : sa rosée sacrée
(Le nectar légendaire que les païens connaissaient)
D'une douceur délirante, il est tombé du ciel,
Et est tombé sur les jardins de l'impitoyable
À Trébizonde, et sur une fleur ensoleillée
Si semblable à la sienne au-dessus que, à cette heure,
Il reste encore, torturant l'abeille
Avec folie et rêverie inaccoutumée...
Dans le ciel, et dans tous ses environs, la feuille
Et la fleur de la plante féerique, dans le chagrin
Inconsolable s'attarde — chagrin qui la pend il [[tête,]]
Des folies repentantes qui ont fui depuis longtemps,
Soulevant sa poitrine blanche vers l'air embaumé

---

*Sur Santa Maura — olim Deucadia.
†Sappho
‡Cette fleur est très remarquée par Lewehoeck et Tournefort. L'abeille, en se nourrissant de sa fleur,
s'enivre.

141

Comme une beauté coupable, châtée et plus belle,
Nyctanthes aussi, aussi sacré que la lumière
Elle craint de parfumer, de parfumer la nuit...
Et Clytia*méditant entre plus d'un soleil,
Tandis que des larmes mesquines coulent sur ses pétales —
Et cette fleur en devenir†qui a surgi sur la terre —
Et mourut, à peine exalté dans la naissance,
Éclatant son cœur odorant en esprit pour s'envoler
Son chemin vers le ciel, du jardin d'un roi —
Et le lotus valisnérien‡il a volé
De lutter contre les eaux du Rhône —
Et ton plus beau parfum pourpre, Zante !§
Isola d'oro ! — Fior di Levante ! —
Et le bourgeon Nelumbo | | qui flotte pour toujours
Avec Cupidon indien en bas de la rivière sacrée —

---

*Clytia — Le Chrysanthemum Peruvianum, ou, pour employer un terme plus connu, le turnsol qui se tourne continuellement vers le soleil, se couvre, comme le Pérou, le pays d'où il vient, de nuages rosés qui rafraîchissent et rafraîchissent ses fleurs pendant les chaleurs les plus violentes du jour. — B. de. Saint-Pierre.

†Il est cultivé dans le jardin du roi, à Paris, une espèce d'aloès serpentin sans épines, dont la grande et belle fleur exhale une forte odeur de vanille, pendant le temps de son expansion, qui est très courte. Il ne souffle que vers le mois de juillet, — on l'aperçoit alors ouvrir peu à peu ses pétales, — les élargir, — se faner et mourir —.Saint-Pierre.

‡On trouve, dans le Rhône, un beau lys, du type valisnérien. Sa tige s'étendra sur une longueur de trois ou quatre pieds, préservant ainsi sa tête hors de l'eau dans les gonflements de la rivière.

§La jacinthe.

| | C'est une fiction des Indiens, que Cupidon a été vu pour la première fois flottant dans l'un d'eux sur le Gange – et qu'il aime toujours le berceau de son enfance.

De belles fleurs, et des fées ! à qui est confié
Pour porter le chant de la déesse, *dans les odeurs, jusqu'au ciel —

« Esprit ! qui habitent là où
Dans le ciel profond,
Le terrible et le juste,
En beauté vie !
Au-delà de la ligne bleue —
La limite de l'étoile
Qui se retourne à la vue
De ta barrière et de ton bar,
De la barrière franchie
Par les comètes qui ont été coulées
De leur orgueil et de leur trône
Être des corvées jusqu'à la fin —
Être porteurs de feu
(Le feu de leur cœur)
Avec une vitesse qui ne fatigue peut-être pas
Et avec une douleur qui ne se séparera pas —
Qui vit — que nous savons—
Dans l'Éternité — nous sentons...

---

*Et des fioles d'or pleines d'odeurs, qui sont les prières des saints. — Révérend Saint-Jean.

Mais l'ombre de laquelle
Quel esprit révélera ?
Bien que les êtres que ta Nesace,
Ton messager a connu
Ai rêvé de ton infini
Un modèle*de leur propre ...

Ta volonté est faite, ô ! Dieu!
L'étoile a chevauché haut
À travers plus d'une tempête, mais elle chevaucha
Sous ton œil brûlant :
Et ici, en pensée, à toi —
Dans une pensée qui seule peut

---

*Les humanitaires soutenaient que Dieu devait être compris comme ayant réellement une forme humaine. — Voir Clarke's Sermons, vol. 1, page 26, fol. édit.

La dérive de l'argumentation de Milton l'amène à employer un langage qui semblerait, à première vue, approcher de leur doctrine ; mais on verra tout de suite qu'il se garde d'être accusé d'avoir adopté l'une des erreurs les plus ignorantes de l'âge des ténèbres de l'Église [...] les Notes du Dr Summers sur la doctrine chrétienne de Milton.

Cette opinion, malgré de nombreux témoignages contraires, n'a jamais pu être très générale. Andeus, un Syrien de Messopotamie, fut condamné pour cette opinion, comme hérétique. Il a vécu au début du IVe siècle. Ses disciples étaient appelés Anthropmorphites. — Vide du Pin.

Parmi les poèmes de Milton, on trouve ces vers :

Dicite sacrorum præsides nemorum Deæ, &c.
Quis ille primus cujus ex imagine
Natura solers finxit humanum genus ?
Eternus, incorruptus, æquævus polo
Unusque et universus exemplar Dei. — Et après,
Non cui profundum Cæcitas lumen dedit
Dircæus augur vidit hunc alto sinu, &c.

Élève ton empire, et sois ainsi
Un partenaire de ton trône —
Par Fantasy ailé, *
Mon ambassade est donnée
Jusqu'à ce que le secret [[secret]] la connaissance soit
Dans les environs du ciel.

Elle cessa — et enfouit alors sa joue brûlante
Abégassé, au milieu des lys, pour chercher
Un abri contre la ferveur de son œil,
Car les étoiles tremblaient devant la Divinité.
Elle ne bougeait pas, ne respirait pas, car il y avait une voix
Comme l'air calme envahit solennellement !
Un bruit de silence dans l'oreille effrayée
Que les poètes rêveurs nomment « la musique de la sphère ».
Notre monde est un monde de mots : nous appelons au silence
« Silence » — qui est le mot le plus simple de tous —
Ici, la nature parle, et nous avons des choses idéales
Des bruits d'ombre de battements d'ailes visionnaires —
Mais ah ! ce n'est pas le cas lorsque, ainsi, dans les royaumes d'en haut
La voix éternelle de Dieu passe, ;

---

*Seltsamen Tochter Jovis
Seinem Schosskinde
Der Phantasie. — Goethe.

145

Et les vents rouges se fanent dans le ciel !
« Et si dans les mondes qui sont aveugles*Cycles exécutés
Lié à un petit système, et un soleil
Où tout mon amour n'est que folie et foule
Pensez encore à mes terreurs si ce n'est le nuage d'orage,
La tempête, le tremblement de terre et la colère de l'océan...
(Ah ! me croiseront-ils sur mon chemin plus furieux ?)
Que se passe-t-il dans les mondes qui possèdent un seul soleil
Les sables du Temps s'assombrissent à mesure qu'ils courent,
Pourtant à toi est ma resplendeur, ainsi donnée
Pour porter mes secrets à travers le ciel supérieur :
Laisse sans locataire ta chrystal, et fuis,
Avec toute ta traîne, à travers le ciel lunaire —
À part — comme des lucioles†dans la nuit sicilienne,
Et s'envolent vers d'autres mondes une autre lumière ;
Divulgue les secrets de ton ambassade
Aux orbes orgueilleux qui scintillent — et ainsi de suite
À chaque cœur une barrière et une interdiction
De peur que les étoiles ne vacillent dans la culpabilité de l'homme.

---

*Aveugle – trop petit pour être vu. — Legge.
†J'ai souvent remarqué un mouvement particulier de la luciole. Ils se rassembleront en un
corps et s'envoleront, d'un centre commun, dans d'innombrables rayons.

La jeune fille se leva dans la nuit jaune,
La veille à une lune — sur la terre nous détressons
Notre foi à un seul amour – et à une seule lune adore –
Le lieu de naissance de la jeune Belle n'en avait pas davantage.
Comme jaillit cette étoile jaune des heures duveteuses
La jeune fille se leva de son sanctuaire de fleurs,
Et courbé sur la montagne brillante et la plaine sombre
Son chemin — mais n'a pas encore quitté son Therasœan[[†]] règne.

---

†Therasœ, ou Therasea, l'île mentionnée par Sénèque, qui, en un instant, s'éleva de la mer aux yeux des marins étonnés.

AL AARAAF.

DEUXIÈME PARTIE.

Haut sur une montagne de tête émaillée —
Comme le berger somnolent sur son lit
De pâturages géants couchés à son aise,
Levant sa paupière lourde, tressaillit et voit
Avec plus d'un murmure « l'espoir d'être pardonné »
À quelle heure la lune est-elle quadratée dans le ciel —
De la tête rose qui, s'élevant au loin
Dans l'éther éclairé par le soleil, a attrapé le rayon
Des soleils couchés la veille, à midi de la nuit,
Tandis que la lune dansait avec la belle lumière étrangère —
Dressé à une telle hauteur s'élevait un tas
De magnifiques colonnes sur l'air non dépensé,
Jaillissant du marbre de Paros ce sourire jumeau

Au fond de la vague qui y scintillait,
Et allaitait la jeune montagne dans son antre :
Des étoiles en fusion*leur trottoir, comme la chute
À travers l'air d'ébène, en argentant le voile
De leur propre dissolution, pendant qu'ils meurent...
Ornant donc les habitations du ciel :
Un dôme, par la lumière du ciel qui s'est écoulée,
Assis doucement sur ces colonnes comme une couronne —
Une fenêtre d'un losange circulaire, là,
Regardait au-dessus dans l'air violet,
Et les rayons de Dieu ont abattu cette chaîne de météores
Et a sanctifié toute la beauté deux fois de plus,
Sauf quand, entre l'Empyrée et cet anneau,
Quelque esprit avide battait son aile sombre :
Mais sur les colonnes, les yeux des Séraphins ont vu
L'obscurité de ce monde : ce vert grisâtre
Que la Nature aime le meilleur pour la tombe de la Beauté
Cachée dans chaque corniche, autour de chaque architrave —
Et chaque chérubin sculpté autour d'elle
Cela, de sa demeure de marbre, regardait
Semblait terrestre dans le creux de sa niche —
Des statues achaïennes dans un monde si riche ?

---

*Quelque étoile qui, du toit en ruine,
De l'Olympe ébranlé, par malheur, est tombé — Milton.

149

Frises de Tadmor et Persépolis
De Balbec, et de ton abîme calme et clair
Trop belle Gomorrhe ! O[[!]] la vague*
C'est maintenant à toi — mais trop tard pour sauver ! —

Le son aime se délecter près d'une nuit d'été :
Assistez au murmure du crépuscule gris
Qui a volé à l'oreille, à Eyraco,†
De plus d'un astronome sauvage il y a longtemps —
Qui se glisse toujours à son oreille
Qui, songeur, regarde au loin l'obscurité,
Et voit les ténèbres venir comme un nuage —
N'est pas sa forme — sa voix‡— le plus palpable et le plus fort ?

Mais qu'est-ce que c'est ? — elle vient — et elle apporte
Une musique avec elle — c'est le battement des ailes —

---

*« Ah ! la vague - Ula Degusi est l'appellation turque ; mais, sur ses propres rivages, on l'appelle Bahar Loth, ou Almotanah. Il y avait, sans aucun doute, plus de deux villes englouties dans la « mer Morte ». Dans la vallée de Siddim, il y en avait cinq : Adrah, Zeboin, Tsoar, Sodome et Gomorrhe. Étienne, de Byzance, en mentionne huit, et Strabon, treize, (englouti) — mais le dernier est hors de toute raison. On dit (Tacite, Strabon, Josèphe, Daniel, de Saint-Saba, de Nau, de Maundrell, de Troilo, de d'Arvieux) qu'après une sécheresse excessive, on voit au-dessus de la surface les vestiges de colonnes, de murs, etc. À n'importe quelle saison, de tels vestiges peuvent être découverts en regardant le lac transparent, et à des distances qui pourraient soutenir l'existence de nombreux établissements dans l'espace maintenant usurpé par les « Asphaltites ».
†Eyraco — Chaldée.
‡J'ai souvent cru entendre distinctement le bruit de l'obscurité qui volait à l'horizon.

150

Une pause — puis une tension balayée et descendante,
Et Nesace est de nouveau dans ses couloirs :
De l'énergie sauvage de la hâte débridée
Ses joues rougissaient et ses lèvres s'écartaient ;
Et une zone qui s'accrochait autour de sa taille douce
Avait éclaté sous le soulèvement de son cœur :
Au centre de cette salle pour respirer
Elle s'arrêta et haleta, Zanthe ! tout en dessous —
La lumière féerique qui embrassait ses cheveux dorés,
Et qu'il aspirait au repos, et qu'il ne pouvait pourtant y briller que
luisant.

† [[*]] De jeunes fleurs murmuraient en mélodie,
Aux fleurs heureuses cette nuit-là – et d'arbre en arbre ;
Les fontaines jaillissaient de la musique en tombant
Dans plus d'un bosquet éclairé par des étoiles ou un vallon éclairé par
la lune ;
Pourtant, le silence s'est fait sur les choses matérielles...
De belles fleurs, des cascades lumineuses et des ailes d'ange...
Et le son seul qui sortait de l'esprit
Porté au charme que chantait la jeune fille.

« Neath jacinthe ou banderole —
Ou touffe sauvage

---

*Les fées utilisent les fleurs pour leur caractère - Joyeuses Commères de Windsor. [[William Shakespeare]]

151

Qui garde, du rêveur,
Le rayon de lune au loin* —
Des êtres brillants ! qui réfléchissent,
Les yeux mi-clos,
Sur les étoiles qui ton émerveillement
A tiré des cieux,
Jusqu'à ce qu'ils jettent un coup d'œil à travers l'ombre, et
Descendez jusqu'à votre front
Comme les yeux de la jeune fille
Qui t'appelle maintenant...
Se lever! de vos rêves
Dans des tonnelles violettes,
Au devoir qui convient
Ces heures éclairées par les étoiles...
Et secoue tes cheveux
Encombré de rosée
Le souffle de ces baisers
Cela les encombre aussi...
(Oh ! comment, sans toi, Amour !
Les anges pourraient-ils être bénis) ?

---

*Dans l'Écriture, on trouve ce passage : « Le soleil ne te fera pas de mal le jour, ni la lune
la nuit. » On ne sait peut-être pas généralement que la lune, en Égypte, a pour effet
de produire la cécité chez ceux qui dorment avec le visage exposé à ses rayons,
circonstance à laquelle le passage fait évidemment allusion.

Ces baisers de l'amour véritable
Qui vous a bercé pour vous reposer :
En haut! — secoue de ton aile
Chaque obstacle :
La rosée de la nuit —
Cela alourdirait votre vol ;
Et les caresses de l'amour véritable —
O! les laisser à part,
Ils sont légers sur les tresses,
Mais accrochez-vous au cœur.

Ligeia! Ligeia!
Ma belle !
Qui a l'idée la plus dure
Volonté de mélodie courir,
O! Est-ce ta volonté
Sur les brises à lancer ?
Ou, capricieusement immobile,
Comme l'Albatros solitaire,*
Titulaire le soir
(Comme elle à l'antenne)
Pour veiller avec délice
Sur l'harmonie là-bas ?

---

*On dit que l'Albatros dort sur l'aile.

Ligeia! partout où
Que ton image soit,
Aucune magie ne rompra
Ta musique de ta part :
Tu as lié beaucoup d'yeux
Dans un sommeil de rêve —
Mais les tensions se posent toujours
Que ta vigilance garde...
Le bruit de la pluie
Qui saute vers la fleur,
Et danse à nouveau
Au rythme de la douche —
*Le murmure qui jaillit
De la culture de l'herbe
Sont la musique des choses —
Mais ils sont modélisés, hélas ! —
Éloigne-toi donc, ma très chère,
O! Salut,
Vers les sources les plus claires
Sous le rayon de la lune —
Vers le lac solitaire qui sourit,

---

*J'ai rencontré cette idée dans un vieux conte anglais, que je ne puis obtenir aujourd'hui, et
que je cite de mémoire : « L'essence même, et, pour ainsi dire, la tête printanière, et
l'origine de toute musique, est le son véritable et agréable que les arbres de la forêt
font quand ils grandissent. »

Dans son rêve de repos profond,
Aux nombreuses îles stellaires
Qui ornent sa poitrine —
Où les fleurs sauvages, rampantes,
Ont mêlé leur ombre,
Sur sa marge dort
Plein de plus d'une femme de chambre —
Certains ont quitté la clairière fraîche, et
Avoir dormi avec l'abeille*—
Excite-les ma jeune fille,
Sur les landes et les terres de Léa —
Aller! respirer dans leur sommeil,
Tout doucement dans l'oreille,
Le numéro musical
Ils se sont endormis en entendant :
Car ce qui peut réveiller
Un ange si tôt,
Dont le sommeil a été pris
Sous la lune froide,

---

*L'abeille sauvage ne dormira pas à l'ombre s'il y a un clair de lune.

La rime de ce vers, comme celle d'une soixantaine de vers auparavant, a une apparence d'affectation. Il est cependant imité de Sir W. Scott, ou plutôt de Claud Halcro, dans la bouche duquel j'ai admiré son effet.

O! Y avait-il une île,
Bien que toujours aussi sauvage,
Où la femme pourrait sourire, et
Que personne ne se laisse séduire, etc.

155

Comme le sortilège qui ne sommeille pas
De la sorcellerie peut éprouver,
Le nombre rythmique
Qu'est-ce qui l'a bercé pour se reposer ?

Des esprits en aile, et des anges à la vue,
Mille séraphins firent éclater l'Empyréen,
De jeunes rêves planent encore sur leur vol somnolent —
Des séraphins en tout, sauf la « Connaissance », la lumière vive
Qui est tombé, réfracté, à travers tes limites, au loin
O! Mort! de l'œil de Dieu sur cette étoile :
Douce était cette erreur, plus douce encore que la mort...
Douce était cette erreur — tout avec nous le souffle
De la science obscurcit le miroir de notre joie —
Pour eux, le Simoom n'était pas, et il détruirait ...
Car à quoi leur sert-il de savoir
Que la vérité est mensonge — ou que la félicité est malheur ?
Douce était leur mort — avec eux mourir était monnaie courante
Avec la dernière extase de la vie rassasiée —
Au-delà de cette mort, pas d'immortalité...
Mais le sommeil qui médite et qui n'est pas « à être » —
Et là — oh ! Que mon esprit fatigué habite — [Enfer !*
En dehors de l'éternité du ciel — et pourtant combien loin de

—————————————————————

*Chez les Arabes, il y a un milieu entre le ciel et l'enfer, où les hommes ne subissent aucun châtiment, mais n'atteignent pas cependant cette tranquillité et même ce bonheur qu'ils supposent être le caractère de la jouissance céleste.

Un no rompido sueno —
Un dia puro — allegre — libre
Quiera —
Libre de amor — de zelo —

156

De odio — de esperanza — de rezelo,
Luis Ponce de León.

Le chagrin n'est pas exclu d'Al Aaraaf, mais c'est ce chagrin que les vivants aiment
chérir pour les morts, et qui, dans certains esprits, ressemble au délire de l'opium.
L'excitation passionnée de l'amour et l'entrain de l'esprit qui accompagne l'ivresse sont ses
plaisirs moins sacrés – dont le prix, pour ces âmes qui choisissent « Al Aaraaf » comme
résidence après la vie, est la mort finale et l'anéantissement.

[[*]]Il y a des larmes de gémissement parfait
J'ai pleuré sur toi dans l'hélicon. — Milton.

Quel esprit coupable, dans quels arbustes sombres,
N'a-t-il pas entendu l'appel émouvant de cet hymne ?
Mais deux, ils sont tombés, car le ciel n'a point de grâce
À ceux qui n'entendent pas pour leurs cœurs battants.
Une jeune fille ange et son amant séraphin —
O! où (et vous pourrez chercher les vastes cieux au-dessus)
L'Amour, l'aveugle, le Devoir presque sobre, était-il connu ?
L'amour non guidé est tombé — au milieu des « larmes d'un
gémissement parfait » :*
C'était un bon esprit, celui qui est tombé :
Un vagabond près d'un puits au manteau moussu —
Un regard sur les lumières qui brillent au-dessus de lui —
Un rêveur dans le rayon de lune par son amour :
Qu'y a-t-il d'étonnant car chaque étoile y est comme un œil,
Et regarde si doucement les cheveux de la beauté —

Et eux, et tous les printemps moussus étaient saints
À son amour hantaient le cœur et la mélancolie.
La nuit avait trouvé (pour lui une nuit de malheur)
Sur un rocher de montagne, le jeune Angelo...
Scarabée, il se penche à travers le ciel solennel,
Et des regards renfrognés sur les mondes étoilés qui se trouvent en
dessous.
C'est là qu'il était rassasié de son amour, son œil noir courbé
Avec le regard de l'aigle le long du firmament :
Maintenant, il le retournait contre elle — mais jamais alors
Il tremblait à nouveau en une étoile constante.
« Ianthe, ma très chère, voyez ! Comme ce rayon est faible !
Comme c'est beau de regarder si loin !
Elle ne semblait pas ainsi en cette veille d'automne
J'ai quitté ses salles magnifiques — et je n'ai pas pleuré pour partir :
Cette nuit-là, cette nuit-là, je m'en souviendrais bien...
Le rayon du soleil tomba, à Lemnos, avec un sortilège
Sur la sculpture 'Arabesq' d'une salle dorée
Où je me suis assis, et sur le mur drapé —
Et sur mes paupières — O ! Le lourd léger !
Comme il les pesait somnolent jusqu'à la nuit !
Sur les fleurs, avant, et la brume, et l'amour, ils ont couru
Avec le persan Saadi dans son Gulistan :
Mais, ô ! cette lumière ! — je me suis endormi — la mort, pendant ce
temps,
Volé mes sens dans cette belle île

159

Si doucement qu'aucun cheveu soyeux
Réveillé qui dormait – ou savait qu'il était là.

Le dernier endroit de l'orbe terrestre que j'ai foulé
C'était un temple orgueilleux appelé le Parthénon*—
Plus de beauté s'accrochait autour de son mur à colonnes
Que tout ton sein ardent bat avec,†
Et quand le vieux temps mon aile s'est désenvoûtée
De là s'élança moi, comme l'aigle de sa tour
Et des années que j'ai laissées derrière moi en une heure.
Combien de temps j'ai passé sur ses bonds aériens
La moitié du jardin de son globe a été projetée
Se déroulant comme un graphique à mon avis...
Les villes sans locataires du désert aussi !
Ianthe, la beauté s'est installée sur moi alors,
Et la moitié je voulais être de nouveau des hommes.

Mon Angelo ! Et pourquoi l'étaient-ils ?
Une demeure plus lumineuse est ici pour toi —
Et des champs plus verts que dans le monde d'en haut,
Et la beauté des femmes – et l'amour passionné.

---

*Il était entier en 1687 - l'endroit le plus élevé d'Athènes.

†Ombrageant plus de beauté dans leurs sourcils aérés
Que n'ont les seins blancs de la reine de l'amour. — Marlow [[Marlowe]].

160

« Mais, liste, Ianthe ! quand l'air si doux
Échoué, comme mon pennon* l'esprit a bondi en l'air,
Peut-être que mon cerveau s'est étourdi – mais le monde
Je suis parti si tard que j'ai sombré dans le chaos...
S'élança de son rang, à l'écart,
Et une flamme a roulé le ciel ardent à l'intérieur.
J'ai pensé, ma douce, alors j'ai cessé de planer,
Et tomba, non pas aussi vite que je me relevais auparavant,
Mais avec un mouvement vers le bas, tremblant à travers
Rayons légers, d'airain, cette étoile d'or !
Ni longtemps la mesure de mes heures qui tombent,
Car la plus proche de toutes les étoiles était la tienne de la nôtre —
Étoile de l'effroi ! qui est venu, au milieu d'une nuit de joie,
Un Dædalion rouge sur la terre timide !
« Nous sommes venus – et sur ta terre – mais pas à nous
Que la dame nous donne l'ordre de discuter :
Nous sommes venus, mon amour ; autour, au-dessus, en dessous,
Joyeuse luciole de la nuit où nous allons et venons,
Ni ne demander une raison autre que le signe de tête de l'ange
Elle nous accorde, comme l'a accordé son Dieu...
Mais, Angelo, que ton temps gris s'est déployé
Jamais son aile de fée sur un monde plus féerique !

---

*Pennon — pour pignon. — Milton.

Faible était son petit disque et ses yeux d'ange
Seul pouvait voir le fantôme dans les cieux,
Quand Al Aaraaf savait que sa voie était
Tête baissée vers la mer étoilée —
Mais quand sa gloire s'est enflée sur le ciel,
Comme le buste d'une beauté éclatante sous l'œil de l'homme,
Nous nous sommes arrêtés devant l'héritage des hommes,
Et ton étoile tremblait, comme la beauté alors !
Ainsi, dans le discours, les amants s'éloignaient
La nuit qui déclinait et déclinait et n'apportait pas de jour.
Ils sont tombés, car le ciel ne leur donne aucun espoir
Qui n'écoutent pas pour les battements de leur cœur.

TAMERLAN.

I.

Un réconfort bienveillant à l'heure de la mort !
Tel n'est pas, mon père, mon thème :
Je ne penserai pas follement que le pouvoir
De la terre peut me fuir du péché
Un orgueil surnaturel s'est délecté dans —
Je n'ai pas le temps de m'amuser ou de rêver :
Vous appelez cela l'espoir – ce feu du feu !
Ce n'est qu'une agonie de désir...
Si je peux espérer (ô Dieu ! Je peux)
Sa source est plus sainte — plus divine —
Je ne te traiterais pas d'imbécile, vieil homme,
Mais ce n'est pas là un don de toi.

II.

Écoute-toi le secret d'un esprit
S'inclinant devant son orgueil sauvage dans la honte.

163

Ô cœur ardent ! (J'ai hérité
Ta part flétrie avec la renommée,
La gloire brûlante qui a brillé
Au milieu des joyaux de mon trône,
Halo de l'enfer ! et avec une douleur
Ce n'est pas l'enfer qui me fera craindre à nouveau)
Ô cœur avide des fleurs perdues
Et le soleil de mes heures d'été !
La voix immortelle de ce temps mort,
Avec son interminable carillon
Sonne dans l'esprit d'un sortilège,
Sur ton vide, — un glas.
Le désespoir, la légendaire chauve-souris vampire,
Longtemps sur mon sein s'est assis,
Et je délirais, mais qu'il jette
Un calme sorti de ses ailes surnaturelles.

III.

Je n'ai pas toujours été comme maintenant :
Le diadème fiévreux sur mon front,
J'ai revendiqué et gagné usurpamment —
N'a-t-on pas le même héritage
Rome au César, cela à moi ?

164

L'héritage d'un esprit royal
Et un esprit orgueilleux qui s'est efforcé
Triomphalement avec l'humanité.

IV.

Sur le sol de la montagne, j'ai dessiné la vie pour la première fois...
Les brumes du Taglay se sont dissipées
La nuit, leurs rosées sur ma tête,
Et je crois que la lutte ailée
Et le tumulte de l'air éperdument
S'est niché dans mes cheveux.

V.

Si tard du ciel – cette rosée – elle est tombée
(Au milieu des rêves d'une nuit impie)
Sur moi avec le contact de l'Enfer,
Alors que le clignotement rouge de la lumière
Des nuages qui pendaient, comme des bannières, au-delà,
Apparu à mon œil à demi fermé
L'apparat de la monarchie,
Et le grondement profond du tonnerre de la trompette
S'est précipité sur moi, m'a dit
De la bataille humaine, où ma voix.

Ma propre voix, enfant stupide, enflait
(Ô comme mon esprit se réjouirait
Et bondir en moi au cri !)
Le cri de guerre de la victoire.

VI.

La pluie est tombée sur ma tête,
Sans abri, et le vent violent
C'était comme un géant – ainsi toi, mon esprit !
Ce n'était que l'homme, pensais-je, qui
Des lauriers sur moi — et la précipitation,
Le torrent de l'air froid,
Gargouillait dans mon oreille la béguin
Des empires, avec la prière du captif,
Le bourdonnement des prétendants, et le ton
De flatterie, autour du trône d'un souverain.

VII.

Mes passions de cette heure infortunée
Usurpé une tyrannie que les hommes
J'ai jugé, depuis que j'ai atteint le pouvoir,
Ma nature innée — qu'il en soit ainsi :

Mais, père, il y en avait un qui alors...
Puis, dans mon enfance, quand leur feu
Brûlé d'une lueur encore plus intense,
(Car la passion doit expirer avec la jeunesse)
Qui savait alors que comme infini
Mon âme – la faiblesse en elle l'était aussi.

VIII.

Car en ce temps-là, c'était mon lot
Pour hanter le vaste monde un endroit
Ce que je ne pouvais pas moins aimer.
Tant la solitude était belle
D'un lac sauvage bordé de roches noires,
Et les pins sultans qui s'élevaient tout autour !
Mais quand la nuit lui eut jeté le voile
En cet endroit comme en tous,
Et le vent noir murmurait,
Dans un chant mélodieux ;
Mon esprit d'enfant se réveillerait
À la terreur de ce lac solitaire.
Pourtant, cette terreur n'était pas de la peur...
Mais un délice tremblant —
Un sentiment qui n'est pas le mien

Pourrais-je jamais me soudoyer pour définir,
Ni l'amour, Ada ! comme si c'était à toi.
Comment pourrais-je sortir de cette eau
Consolation à mon imagination ?
Mon âme solitaire — comment faire
Un Eden de ce lac sombre ?

IX.

Mais ensuite, une période plus douce et plus calme,
comme si le clair de lune tombait sur mon esprit,
Et oh ! Je n'ai pas de mots à raconter
La beauté de bien aimer !
Je n'essaierai pas maintenant de retracer
Le plus que la beauté d'un visage
Dont les linéaments me viennent à l'esprit
Sont des ombres sur le vent instable.
Je me souviens bien d'avoir habité,
Des pages de traditions anciennes sur,
Avec un œil flânant jusqu'à ce que j'aie senti
Les lettres avec leur signification fondent
Aux fantasmes avec — aucun.

X.

N'était-elle pas digne de tout amour ?
L'amour comme dans l'enfance était le mien —

C'était comme les esprits des anges d'en haut
Pourrait envier — son jeune cœur le sanctuaire
Sur lequel mes espoirs et mes pensées
L'encens — alors un beau cadeau —
Car ils étaient puérils et droits...
De l'éclat pur... comme l'enseignait son jeune exemple :
Pourquoi l'ai-je quitté et à la dérive
Se fier au feu intérieur pour la lumière ?

XI.

Nous avons grandi en âge et en amour ensemble,
Errant dans la forêt et la nature,
Ma poitrine son bouclier par temps d'hiver,
Et, quand le soleil amical souriait,
Et elle marquerait l'ouverture des cieux,
Je n'ai vu le Ciel que dans ses yeux.

XII.

La première leçon de Young Love est : le cœur :
Au milieu de ce soleil et de ces sourires,
Quand, de nos petits soucis séparés,
Et riant de ses ruses de jeune fille,
Je m'appuierais sur sa douce poitrine,

Et déverser mon esprit en larmes,
Il n'était pas nécessaire de dire le reste,
Pas besoin de calmer les peurs
De la sienne, qui n'a demandé aucune raison pourquoi,
Mais elle tourna vers moi son œil tranquille.

XIII.

Je n'avais d'être qu'en toi :
Le monde et tout ce qu'il contenait,
Dans la terre, dans l'air, dans la mer,
Du plaisir ou de la douleur —
Le bon, le mauvais, l'idéal,
Ténèbres vanités des rêves la nuit,
Et des riens plus sombres qui étaient réels,
(Des ombres et une lumière plus sombre)
Écartés sur leurs ailes embuées,
Et ainsi, confusément, est devenu
Ton image et un nom, un nom !
Deux choses distinctes mais très intimes.

XIV.

Nous avons marché ensemble sur la couronne
D'une haute montagne qui regardait en bas

Loin de ses fières tours naturelles
De rochers et de forêts sur les collines —
Les collines amenuisées ! ceint avec tonnelles
Et criant avec mille rix.

XV.

Je lui ai parlé de puissance et d'orgueil,
Mais mystiquement, sous une telle forme
Qu'elle pouvait considérer que ce n'était rien à côté de
L'inverse des instants — dans ses yeux
J'ai lu — peut-être trop négligemment —
Un sentiment mêlé au mien...
La rougeur sur sa joue vers moi,
Semblait apte à un trône de reine,
Trop bien pour que je le laisse faire,
La lumière dans le désert seul.

XVI.

Je me suis enveloppé de grandeur alors
Et a enfilé une couronne visionnaire —
Pourtant, ce n'était pas cette Fantasy
Avait jeté son manteau sur moi,
Mais que parmi les hommes de la populace,

L'ambition du lion est enchaînée,
Et s'accroupit dans la main d'un gardien,
Il n'en est pas ainsi dans les déserts où les grands,
Le sauvage, le terrible conspirent
Avec leur propre souffle pour attiser son feu.

* * * * *

XVII.

Dis, saint père, respire encore là
Un rebelle ou un Bajazet ?
Comment maintenant ! pourquoi trembler, homme de ténèbres,
Comme si mes paroles étaient le Simoom !
Pourquoi les gens plient-ils le genou,
Au jeune Tamerlan, à moi !

XVIII.

Ô amour humain ! ton esprit donné
Sur la terre de tout, nous espérons dans le Ciel !
Qui tombent dans l'âme comme la pluie
Sur la plaine desséchée par le Syroc,
Et défaillant dans ton pouvoir de bénir,
Mais laisse le cœur un désert !
Idée qui lie la vie autour,
Avec une musique d'un son si étrange,

Et la beauté d'une naissance si sauvage —
Adieu! car j'ai gagné la terre.

XIX.

Quand l'espoir, l'aigle qui s'élevait, pouvait voir
Aucune falaise au-delà de lui dans le ciel,
Ses pignons étaient recourbés et tombants,
Et vers la maison se tourna vers l'œil adouci.

XX.

* * * * * *

C'était le coucher du soleil : quand le soleil se séparera,
Il y a une morosité de cœur
À celui qui voulait encore regarder
La gloire du soleil d'été.
Cette âme haïra la brume du soir,
Si souvent charmant, et énumérera
Au son des ténèbres qui viennent (connu
À ceux dont l'esprit écoute) comme un seul
Qui dans un rêve de nuit volerait
Mais ne peut pas à cause d'un danger proche.

XXI.

Qu'est-ce que c'est que la lune — la lune blanche —
Répandez toute la beauté de son midi,
Son sourire est glacial, et son rayon,
En cette période de morosité semblera
(Ainsi comme si tu te rassemblais dans ton souffle)
Un portrait réalisé après la mort.

★ ★ ★ ★ ★ ★

XXII.

J'ai atteint ma maison – quelle maison ? au-dessus
Ma maison — mon espoir — mon amour de jeunesse,
Solitaire, comme moi, le désert s'est levé,
Courbé avec sa propre gloire grandit.

XXIII.

Père, je crois fermement...
Je sais — pour la mort, qui vient pour moi
Des régions les plus bénies au loin,
Où il n'y a rien à tromper,
A laissé sa porte de fer entrouverte,
Et les rayons de la vérité, tu ne peux pas voir,
Clignotent à travers l'éternité :

Je crois qu'Eblis a
Un piège dans chaque chemin humain —
Autrement, dans le bosquet sacré,
J'ai erré de l'idole, l'Amour,
Qui parfume chaque jour ses ailes enneigées
Avec de l'encens d'holocaustes,
Des choses les plus immaculées ;
Dont les agréables tonnelles sont pourtant si déchirées
Au-dessus avec des rayons triés du ciel,
Aucune paille ne peut se dérober — aucune mouche la plus petite
L'éclair de son œil d'aigle...
Comment se fait-il que l'Ambition se soit glissée,
Invisible au milieu des réjouissances là-bas,
Jusqu'à ce que, s'enhardissant, il se mit à rire et à bondir
Dans l'enchevêtrement des cheveux de Loves ?

XXIV.

Si ma paix s'est envolée
Dans une nuit — ou dans un jour —
Dans une vision – ou dans aucune vision –
Est-ce donc le moins parti ?
J'étais debout au milieu du rugissement
D'un rivage battu par les vents,

Et je tenais dans ma main

Quelques particules de sable...

Comme c'est brillant ! et qui n'a pas encore rampé

À travers mes doigts jusqu'aux profondeurs !

Mes premiers espoirs ? non — ils

S'en est allé glorieusement,

Comme un éclair du ciel —

Pourquoi ne l'ai-je pas fait dans la bataille ?

"*Sundry citizens of this good land, meaning well, and trying well, prompted by a certain something in their nature, have treated themselves to all manner in various Essays, Poems, Histories, and kinds of Art, Fancy, and Truth.*"

Address of the American Copy-right Club.

WILEY AND PUTNAM'S

LIBRARY OF AMERICAN BOOKS.

NO. VIII.

THE RAVEN and OTHER POEMS.

BY

EDGAR A. POE.

NEW YORK AND LONDON.

WILEY AND PUTNAM, 160 BROADWAY: 6 WATERLOO PLACE.

Price, Thirty-one Cents.

« *Divers citoyens de ce bon pays, bien intentionnés et espérant bien, poussés par un certain quelque chose dans leur nature, se sont entraînés à rendre service dans divers essais, poèmes, histoires et livres d'art, de fantaisie et de vérité.* »

ADRESSE DE L'AMERICAN COPY-RIGHT CLUB.

WILEY ET PUTNAM'S

BIBLIOTHÈQUE DE LIVRES AMÉRICAINS.

N° VII

LE CORBEAU ET AUTRES POÈMES.

PAR

EDGAR A POE.

NEW YORK ET LONDRES.

WILEY ET PUTNAM, 161 BROADWAY : 6, PLACE WATERLOO.

Prix, trente et un cents.

Table Des Matières

AUX PLUS NOBLES DE SON SEXE —

À L'AUTEUR DE

« LE DRAME DE L'EXIL » -

À MLLE ELIZABETH BARRETT BARRETT,

D'ANGLETERRE,

JE DÉDIE CE VOLUME,

AVEC L'ADMIRATION LA PLUS ENTHOUSIASTE

ET AVEC LA PLUS SINCÈRE ESTIME.

E. A. P

.

PRÉFACE.

CES bagatelles sont rassemblées et republiées principalement dans le but de se racheter des nombreuses améliorations auxquelles elles ont été soumises en faisant au hasard « le tour de la presse ». Si ce que j'ai écrit doit circuler, je suis naturellement désireux qu'il circule comme je l'ai écrit. Pour défendre mon propre goût, néanmoins, il m'incombe de dire que je ne pense rien dans ce volume de grande valeur pour le public, ni de très honorable pour moi-même. Des événements incontrôlables m'ont empêché de faire, à aucun moment, un effort sérieux dans ce qui, dans des circonstances plus heureuses, aurait été le domaine de mon choix. Pour moi, la poésie n'a pas été un but, mais une passion ; et les passions doivent être tenues en révérence ; Ils ne doivent pas – ils ne peuvent pas à volonté être excités en vue des compensations dérisoires, ou des éloges plus dérisoires, de l'humanité.

E. A. P

LE CORBEAU ET AUTRES POÈMES.

LE CORELIER.

UNE FOIS, par un morne minuit, tandis que je méditais, faible et
fatigué,
Au fil d'un volume pittoresque et curieux de traditions oubliées,
Tandis que je hochais la tête, presque en train de faire la sieste, soudain
il y a eu un tapotement,
Comme si quelqu'un frappait doucement, frappait à la porte de ma
chambre.
« C'est un visiteur, murmurai-je, qui frappe à la porte de ma chambre...
Seulement cela, et rien de plus.

Ah, distinctement, je me souviens que c'était dans le sombre mois de
décembre,
Et chaque braise mourante séparée produisait son fantôme sur le sol.
J'attendais avec impatience le lendemain ; — en vain j'avais cherché à
emprunter
De mes livres sursillent le chagrin — le chagrin pour la perdue Lenore
—
Pour la jeune fille rare et rayonnante que les anges nomment Lénore...
Sans nom ici pour toujours.

Et le bruissement soyeux, triste et incertain de chaque rideau pourpre
Cela m'a ravi, m'a rempli de terreurs fantastiques jamais ressenties
auparavant ;

185

De sorte que maintenant, pour calmer les battements de mon cœur, je
me tenais à répéter
« C'est un visiteur qui supplie l'entrée à la porte de ma chambre...
Un visiteur tardif suppliant l'entrée à la porte de ma chambre ; —
C'est cela, et rien de plus.

Bientôt mon âme devint plus forte ; hésitant alors plus longtemps,

« Monsieur, dis-je, ou madame, j'implore vraiment votre pardon ;
Mais le fait est que j'étais en train de faire la sieste, et si doucement tu
es venu rapper,
Et si faiblement tu es venu frapper, frapper à la porte de ma chambre,
Que j'étais à peine sûr de vous avoir entendu » — ici j'ouvris toute
grande la porte ; ———
L'obscurité là-bas, et rien de plus.

Au plus profond de ces ténèbres, je scrutais longtemps, je restai là à
m'interroger, à craindre,
Des rêves de doute, de rêve qu'aucun mortel n'a jamais osé rêver
auparavant ;
Mais le silence n'a pas été rompu, et les ténèbres n'ont donné aucun
signe,
Et le seul mot prononcé fut le mot chuchoté : « Lenore ! »
C'est ce que je murmurai, et un écho murmura en retour le mot : «
Lenore ! »
Simplement cela, et rien de plus.

De retour dans la chambre en se retournant, toute mon âme brûlante en
moi,
Bientôt, j'entendis de nouveau un tapotement un peu plus fort
qu'auparavant.
« Certainement, dis-je, c'est sûrement quelque chose sur le treillis de ma
fenêtre ;
Permettez-moi donc de voir ce qu'il y a là-dedans, et d'explorer ce
mystère...

186

Que mon cœur s'apaise un instant et que ce mystère explore ; —
C'est le vent et rien de plus !

Ouvre ici j'ai ouvert le volet, quand, avec plus d'un flirt et d'un
battement,
C'est là qu'entrait un corbeau majestueux des jours saints d'autrefois ;
Il n'y avait pas la moindre révérence ; pas un instant il ne s'arrêta ni ne
s'arrêta ;
Mais, avec l'air d'un seigneur ou d'une dame, perché au-dessus de la
porte de ma chambre...
Perché sur un buste de Pallas juste au-dessus de la porte de ma chambre
—
Perché, et assis, et rien de plus.

Puis cet oiseau d'ébène qui séduit ma triste imagination en souriant,
Par le décorum grave et sévère de son visage,
« Quand ton écusson serait tondu et rasé, toi, dis-je, tu n'es
certainement pas lâche,
Affreux, sinistre et ancien corbeau errant depuis le rivage nocturne, —
Dis-moi quel est ton nom seigneurial sur le rivage plutonien de la Nuit
!
Citation du corbeau : « Jamais plus ».

Je m'étonnais beaucoup de cette volaille disgracieuse d'entendre si
clairement un discours :
Bien que sa réponse ait peu de sens, peu de pertinence ;
Car nous ne pouvons nous empêcher de convenir qu'aucun être humain
vivant
Jamais encore a eu la chance de voir un oiseau au-dessus de la porte de
sa chambre —
Oiseau ou bête sur le buste sculpté au-dessus de la porte de sa chambre,
Avec un nom tel que « Nevermore ».

Mais le corbeau, assis seul sur le buste placide, ne parlait que

187

Ce seul mot, comme si son âme dans ce seul mot il avait déversé.
Il n'eut rien d'autre à dire — pas une plume ne battit —
Jusqu'à ce que je murmure à peine : « D'autres amis ont volé avant ...
Demain, il me quittera, comme mes espérances se sont envolées
auparavant.
Puis l'oiseau dit : « Plus jamais. »

Effrayé par le silence rompu par une réponse si bien exprimée,
« Sans doute, dis-je, ce qu'il profère, c'est son seul stock et sa seule
réserve
Pris de quelque maître malheureux que l'impitoyable Désastre
Il a suivi vite et plus vite jusqu'à ce que ses chansons portent un seul
fardeau...
Jusqu'à ce que les chants de son espérance portent ce triste fardeau
De « Jamais, plus jamais ».

Mais le corbeau qui séduit toujours toute mon âme triste pour qu'elle
sourit,
Tout droit, j'ai fait rouler un siège rembourré devant l'oiseau, et le buste
et la porte ;
Puis, sur le naufrage de velours, je me mis à relier
Fantaisie jusqu'à imaginer, en pensant à ce que cet oiseau inquiétant
d'autrefois —
Quel est cet oiseau sinistre, disgracieux, épouvantable, décharné et
inquiétant d'autrefois
C'était en croassant « Nevermore ».

Je m'y suis mis à deviner, mais aucune syllabe n'a été prononcée
À l'oiseau dont les yeux ardents brûlaient maintenant au cœur de ma
poitrine ;
Je m'assis à deviner cela, la tête tranquillement inclinée
Sur la doublure de velours du coussin que la lumière de la lampe
brillait,

Mais dont la doublure de velours violet avec la lumière de la lampe
[[lumière de la lampe]] jubilant,
Elle insistera, ah, jamais plus !

Puis, pensai-je, l'air devint plus dense, parfumé par un encensoir
invisible
Balancé par des anges dont les faibles pas tintaient sur le sol capitonné.
« Misérable, m'écriai-je, ton Dieu t'a prêté, c'est par ces anges qu'il t'a
envoyé
Répit — répit et né-respect de tes souvenirs de Lenore !
Pleure, oh cette gentille nepenthe et oublie cette Lenore perdue !
Citation du corbeau : « Jamais plus ».

« Prophète ! dis-je, chose du mal ! — Prophète encore, si c'est l'oiseau
ou le diable ! —
Soit que le tentateur t'ait envoyé, soit que la tempête t'ait jeté ici à
terre,
Désolé mais intrépide, sur cette terre désertique enchantée —
Sur cette maison de l'horreur hantée — dites-moi vraiment, je vous en
supplie —
Y a-t-il – y a-t-il du baume à Gilead ? — dites-moi, dites-moi, je vous
en supplie !
Citation du corbeau : « Jamais plus ».

« Prophète ! dis-je, chose du mal, prophète encore, qu'il s'agisse d'un
oiseau ou d'un diable !
Par ce ciel qui se penche au-dessus de nous, par ce Dieu que nous
adorons tous les deux,
Dis à cette âme chargée de chagrin si, dans le lointain Aidenn,
Il étreindra une sainte jeune fille que les anges nomment Lénore.
Étreins une jeune fille rare et rayonnante que les anges nomment
Lenore.
Citation du corbeau : « Jamais plus ».

« Que ce mot soit notre signe de séparation, oiseau ou démon ! » J'ai
crié, parvenu —
« Retourne dans la tempête et le rivage plutonien de la Nuit !
Ne laisse aucun panache noir en signe de ce mensonge que ton âme a dit
!
Laisse ma solitude intacte ! — Quitte le buste au-dessus de ma porte !
Ôte ton bec de mon cœur, et ôte ta forme de ma porte !
Citation du corbeau : « Jamais plus ».

Et le corbeau, qui ne vole jamais, est toujours assis, toujours assis
Sur le pâle buste de Pallas juste au-dessus de la porte de ma chambre ;
Et ses yeux ont tout l'air d'un démon qui rêve,
Et la lumière de la lampe qui ruisselait sur lui projette son ombre sur le
sol ;
Et mon âme de cette ombre qui flotte sur le sol
Sera soulevé — plus jamais !

LA VALLÉE DE L'AGITATION.

Une fois, il a souri, un dell silencieux
Où le peuple n'habitait pas ;
Ils étaient allés à la guerre,
Confiant dans les étoiles aux yeux doux,
La nuit, de leurs tours azurées,
Pour veiller au-dessus des fleurs,
Au milieu de laquelle toute la journée
La lumière rouge du soleil s'étendait paresseusement.
Maintenant, chaque visiteur se confessera
L'agitation de la triste vallée.
Rien n'y est immobile —
Rien que les airs qui couvent
Sur la solitude magique.
Ah, par aucun vent ne remuent ces arbres
Qui palpitent comme les mers froides
Autour des Hébrides brumeuses !
Ah, ce n'est par aucun vent que ces nuages ne sont chassés
Qui bruissent dans le ciel inquiet
Inquiet, du matin au soir,
Sur les violettes qui gisent
Dans une myriade de types de l'œil humain —
Sur les lys là-bas cette vague
Et pleurer au-dessus d'une tombe sans nom !
Ils agitent : ... de leurs sommets parfumés
La rosée éternelle descend en gouttes.
Ils pleurent : ... de leurs tiges délicates
Des larmes vivaces descendent en pierres précieuses.

BALLADE NUPTIALE.

L'anneau est sur ma main,
Et la couronne est sur mon front ;
Satins et bijoux grandioses
Sont tous à mes ordres,
Et je suis heureux maintenant.

Et mon seigneur, il m'aime bien ;
Mais, lorsqu'il a prononcé son vœu pour la première fois,
J'ai senti ma poitrine gonfler —
Car les paroles sonnèrent comme un glas,
Et la voix semblait être la sienne qui tombait
Dans la bataille au vallon,
Et qui est heureux maintenant.

Mais il a parlé pour me rassurer,
Et il baisa mon front pâle,
Tandis qu'une rêverie me venait,
Et au cimetière m'a emmené,
Et je soupirai devant lui :
Le croyant mort D'Elormie,
« Oh, je suis heureuse maintenant ! »

Et c'est ainsi que les paroles furent prononcées :
Et c'est là le vœu de misère,
Et, bien que ma foi soit brisée,
Et, bien que mon cœur soit brisé,

Voici le signe d'or
Cela me prouve que je suis heureux maintenant !

Plût à Dieu que je pusse me réveiller !
Car je rêve je ne sais comment,
Et mon âme est cruellement ébranlée
De peur qu'une mauvaise mesure ne soit prise, —
De peur que le mort qui est abandonné
Peut-être ne pas être heureux maintenant.

LE DORMEUR.

À minuit, au mois de juin,
Je me tiens sous la lune mystique.
Une vapeur d'opiacé, rosée, sombre,
Exhale de son bord doré,
Et, dégoulinant doucement, goutte à goutte,
Sur le paisible sommet de la montagne,
Vole somnolemment et musicalement
Dans la vallée universelle.
Le romarin hoche la tête sur la tombe ;
Le lys se prélasse sur la vague ;
Enroulant le brouillard autour de sa poitrine,
La ruine se transforme en repos ;
On dirait Léthé, voyez ! Le lac
Un sommeil conscient semble prendre,
Et ne se réveillerait pas, pour le monde.
Toute la Beauté dort ! — et voilà ! où se trouve
(Sa battante ouverte vers le ciel)
Irène, avec ses destins !

Oh, madame brillante ! Est-ce que cela peut être juste...
Cette fenêtre ouverte sur la nuit ?
Les airs déréglés, de la cime des arbres,
En riant à travers la chute du treillis —
Les airs sans corps, la déroute d'un sorcier,
Traverse ta chambre pour entrer et sortir,

194

Et agiter la verrière du rideau
Si par à-coups – si craintivement –
Au-dessus du couvercle fermé et à franges
Sous lequel se cache ton âme de taudis,
Que, sur le sol et le long du mur,
Comme des fantômes, les ombres se lèvent et descendent !
Oh, chère dame, n'avez-vous aucune crainte ?
Pourquoi et que rêves-tu ici ?
Sûr que tu es venu de mers lointaines,
Une merveille pour ces arbres de jardin !
Étrange est ta pâleur ! étrange ton habit !
Étrange, par-dessus tout, ta longueur d'arbre,
Et ce silence solennel !

La dame dort ! Oh, qu'elle dorme,
Ce qui est durable, alors soyez profond !
Que le ciel l'ait dans son donjon sacré !
Cette chambre s'est transformée en une autre sainte,
Ce lit pour une mélancolie de plus,
Je prie Dieu qu'elle mente
Pour toujours l'œil non ouvert,
Tandis que les fantômes pâles passent !

Mon amour, elle dort ! Oh, qu'elle dorme,
Comme c'est durable, alors soyez profond !
Que les vers autour d'elle soient doux !
Loin dans la forêt, sombre et vieux,
Pour elle, qu'un grand coffre-fort se déploie —
Une voûte qui a souvent jeté ses
Et des panneaux ailés qui voltigent en arrière,
Triomphant, sur les pâles à crête,
De ses grandes funérailles familiales...
Un sépulcre, éloigné, seul,
Contre la porte de laquelle elle a jeté,

195

Dans l'enfance, plus d'une pierre oisive...
Quelque tombeau de l'extérieur dont la porte retentissante
Elle ne forcera plus un écho,
C'est excitant à penser, pauvre enfant du péché !
C'étaient les morts qui gémissaient à l'intérieur.

LE COLISÉE.

TYPE de la Rome antique ! Riche reliquaire
De la contemplation élevée laissée au Temps
Par des siècles enterrés de pompe et de puissance !
Enfin — enfin — après tant de jours
Du pèlerinage fatigant et de la soif brûlante,
(Soif des sources de la connaissance qui se trouvent en toi,)
Je m'agenouille, homme altéré et humble,
Au milieu de tes ombres, et ainsi bois à l'intérieur
Mon âme même, ta grandeur, tes ténèbres et ta gloire !

Immensité! et l'âge ! et Memories of Eld !
Silence! et la désolation ! et la nuit sombre !
Je vous sens maintenant — je vous sens dans votre force —
O sorts plus sûrs que le roi de Judée
Enseigné dans les jardins de Gethsémané !
Ô charmes plus puissants que le Chaldéen ravi
Jamais tiré de là les étoiles tranquilles !

Ici, là où un héros est tombé, une colonne tombe !
Ici, où l'aigle mimique brillait d'or,
Une veillée de minuit retient la chauve-souris basanée !
Ici, où les dames de Rome leurs cheveux dorés
Agité au vent, maintenant agite le roseau et le chardon !
Ici, où sur le trône d'or le monarque se prélassait,
Glisse, comme un spectre, vers sa demeure de marbre,

197

Éclairée par la lumière pâle de la lune cornée,
Le lézard rapide et silencieux des pierres !

Mais restez ! ces murs — ces arcades recouvertes de lierre —
Ces socles moisis, ces arbres tristes et noircis,
Ces entablements vagues, cette frise qui s'effrite,
Ces corniches brisées — cette épave — cette ruine —
Ces pierres... hélas ! Ces pierres grises — sont-elles toutes —
Tous les célèbres et la gauche colossale
Par les heures corrosives du destin et de moi ?

« Pas tous », me répondent les Echos, « pas tous !
« Les sons prophétiques et forts, se lèvent pour toujours
« De nous, et de toute ruine, vers les sages,
« Comme une mélodie de Memnon au Soleil.
« Nous gouvernons le cœur des hommes les plus puissants, nous
gouvernons
« Avec une influence despotique tous les esprits géants.
« Nous ne sommes pas impuissants, nous sommes de pâles pierres.
« Tout notre pouvoir n'a pas disparu – toute notre renommée –
« Toute la magie de notre grande renommée...
« Ce n'est pas tout l'émerveillement qui nous entoure...
« Tous les mystères qui sont en nous ne se trouvent pas...
Pas tous les souvenirs qui s'accrochent
« Et s'accroche autour de nous comme un vêtement,
« Nous revêtir d'une robe de plus que de gloire. »

LENORE.

AH, brisé est le bol d'or ! L'esprit s'est envolé pour toujours !
Que la cloche sonne ! — une âme sainte flotte sur le fleuve Stygien ;
Et, Guy De Vere, n'as-tu pas une larme ? — pleurer maintenant ou
plus jamais !
Voir! sur ta bière sombre et rigide se trouve ton amour, Lenore !
Venir! Que l'on lise le rite funéraire, que l'on chante le chant funèbre !
—

Un hymne pour la plus reine des morts qui soit jamais morte si jeune —
Un chant funèbre pour elle, la double morte en ce qu'elle est morte si
jeune.

« Misérables ! Vous l'avez aimée pour sa richesse et vous l'avez haïe
pour son orgueil,
« Et quand elle est tombée en mauvaise santé, vous l'avez bénie, qu'elle
soit morte !
« Comment le rituel doit-il donc être lu ? — Le Requiem Comment être
chanté
« Par toi – par le tien le mauvais œil, – par le tien, la langue
calomnieuse
— Qui a fait mourir l'innocence qui est morte si jeune ?

Peccavimus ; mais ne vous extasiez pas ainsi ! et qu'un chant de sabbat
Montez vers Dieu si solennellement que les morts ne se sentent pas mal
!
La douce Lenore est « allée devant », avec l'espoir, qui a volé à côté,
Te laissant sauvage pour la chère enfant qui aurait dû être ta fiancée...

Pour elle, la belle et débonnaire, qui maintenant est si humble,
La vie sur ses cheveux jaunes, mais pas dans ses yeux...
La vie toujours là, sur ses cheveux, la mort sur ses yeux.

« Avaunt ! Ce soir, j'ai le cœur léger. Je n'élèverai aucun chant funèbre,
« Mais emportez l'ange dans son vol avec un Pœan d'autrefois !
« Que pas de cloche sonner ! — de peur que sa douce âme, au milieu de
sa joie sacrée,
« Devrait attraper la note, comme elle flotte – de la maudite Terre.
« Aux amis d'en haut, aux démons d'en bas, le fantôme indigné est
déchiré —
« De l'enfer à un état élevé loin dans le ciel –
« De la douleur et du gémissement, à un trône d'or, à côté du Roi du
Ciel. »

HYMNE CATHOLIQUE.

AU matin — à midi — au crépuscule —
Maria! Tu as entendu mon hymne !
Dans la joie et le malheur — dans le bien et le mal —
Mère de Dieu, sois encore avec moi !
Quand les Heures s'écoulaient avec éclat,
Et pas un nuage n'obscurcissait le ciel,
Mon âme, de peur qu'elle ne fasse l'école buissonnière,
Ta grâce t'a guidé et t'a guidé ;
Maintenant, quand les tempêtes du destin s'amoncellent
Sombrement mon présent et mon passé,
Que mon avenir brille radieux
Avec de douces espérances pour toi et pour toi !

ISRAFEL.*

C'est dans le ciel qu'habite un esprit
« Dont les cordes du cœur sont un luth » ;
Aucun ne chante aussi bien
Comme l'ange Israfel,
Et les étoiles vertigineuses (selon les légendes)
Cessant leurs hymnes, assistez au sortilège
De sa voix, toute muette.

Trébuchant au-dessus
Dans son plus grand midi,
La lune amoureuse
Rougit d'amour,
Tandis que, pour écouter, le levier rouge
(Avec les rapides Pléiades, même,
Qui étaient sept,)
Pauses au ciel.

Et ils disent (le chœur étoilé
Et les autres choses d'écoute)
Que le feu d'Israfeli
C'est à cause de cette lyre
Par lequel il s'assied et chante :
Le fil vivant tremblant
De ces cordes inhabituelles.

Mais les cieux que l'ange a foulés,
Où les pensées profondes sont un devoir —
Où l'Amour est un Dieu adulte —
Où sont les regards Houri
Imprégné de toute la beauté
Que nous adorons dans une étoile.

C'est pourquoi tu n'as pas tort,
Israfeli, qui méprise
Une chanson sans passion ;
À toi appartiennent les lauriers,
Meilleur barde, parce que le plus sage !
Joyeux et long !

Les extases au-dessus
Avec tes mesures brûlantes s'adaptent —
Ton chagrin, ta joie, ta haine, ton amour,
Avec la ferveur de ton luth —
Que les étoiles soient muettes !

Oui, le ciel est à toi ; mais cela
C'est un monde de sucrés et d'aigres ;
Nos fleurs ne sont que des fleurs,
Et l'ombre de ta félicité parfaite
C'est le soleil qui est le nôtre.

Si je pouvais m'attarder
Où Israfel
a habité, et celui où moi,
Il pourrait ne pas chanter aussi bien
Une mélodie mortelle,
Bien qu'une note plus audacieuse que celle-ci puisse gonfler
De ma lyre dans le ciel.

PAYS DES RÊVES.

PAR un chemin obscur et solitaire,
Hanté par des anges malades seulement,
Où un Eidolon, nommé NUIT,
Sur un trône noir règne debout,
J'ai atteint ces terres, mais je viens de
D'un Thulé ultime et sombre...
D'un climat sauvage et étrange qui se trouve, sublime,
Hors de l'ESPACE — hors du TEMPS.

Vallées sans fond et inondations sans limites,
Et des gouffres, et des grottes, et des bois de Titan,
Avec des formes qu'aucun homme ne peut découvrir
Pour la rosée qui coule partout ;
Les montagnes s'effondrent de plus en plus
Dans des mers sans rivage ;
Des mers qui aspirent sans cesse,
Déferlant, vers des cieux de feu ;
Des lacs qui s'étendent à l'infini
Leurs eaux solitaires — solitaires et mortes, —
Leurs eaux calmes – calmes et froides
Avec les neiges du lys qui se prélassent.

Par les lacs qui s'étendent ainsi
Leurs eaux solitaires, solitaires et mortes, —
Leurs eaux tristes, tristes et glaciales
Avec les neiges du lys qui se prélassent, —
Par les montagnes — près de la rivière
Murmurant doucement, murmurant toujours, —
Par les bois gris, — par le marais
Là où campent le crapaud et le triton, —
Au bord des étangs et des étangs lugubres

Où habitent les goules, —
À chaque endroit, le plus impie —
Dans chaque coin le plus mélancolique, —
C'est là que le voyageur rencontre l'effroi
Souvenirs du passé —
Des formes enveloppées qui sursautent et soupirent
Comme ils passent devant le vagabond,
Des formes en robe blanche d'amis depuis longtemps,
À l'agonie, vers la Terre – et le Ciel.

Pour le cœur dont les malheurs sont légion
C'est une région paisible et apaisante —
Pour l'esprit qui marche dans l'ombre
C'est — oh, c'est un Eldorado !
Mais le voyageur, voyageant à travers elle,
Ne peut pas — n'ose pas le voir ouvertement ;
Jamais ses mystères ne sont dévoilés
À l'œil humain faible non ouvert ;
Ainsi veut son roi, qui a interdit
Le soulèvement du couvercle à franges ;
Et ainsi l'âme triste qui passe ici
Il ne le voit qu'à travers des lunettes obscurcies.

Par un chemin obscur et solitaire,
Hanté par des anges malades seulement,
Où un Eidolon, nommé NUIT,
Sur un trône noir règne debout,
Je suis rentré chez moi, mais je viens de
De cette ultime obscurité Thulé.

SONNET : À ZANTE.

BELLE île, que de la plus belle de toutes les fleurs,
Tes noms les plus doux de tous les doux !
Combien de souvenirs de quelles heures radieuses
À ta vue et à ta vue réveillez-vous tout de suite !
Combien de scènes de ce qui s'est éteint !
Que de pensées de ce que les espérances ensevelies !
Combien de visions d'une jeune fille cela fait
Plus jamais, plus sur tes pentes verdoyantes !
Aucun! Hélas, ce son triste et magique
Tout transformer ! Tes charmes ne plairont plus —
Ta mémoire n'est plus ! Terrain accourbé
Dès lors, je tiens ton rivage émaillé de fleurs,
Ô île hyacinthine ! Ô Zante pourpre !
Isola d'oro ! Fior di Levante !

LA VILLE DANS LA MER.

VOILÀ! La mort s'est élevée sur un trône
Dans une ville étrange, allongé seul
Loin dans l'obscurité de l'Ouest,
Où le bon et le mauvais, le pire et le meilleur
Sont allés à leur repos éternel.
Il y a des sanctuaires, des palais et des tours
(Tours rongées par le temps qui ne tremblent pas !)
Ne ressemblent à rien de ce qui est le nôtre.
Autour, en levant les vents oubliés,
Résignée sous le ciel
Les eaux mélancoliques mentent.

Aucun rayon du ciel sacré ne descend
Pendant la longue nuit de cette ville ;
Mais la lumière de la mer lugubre
S'écoule silencieusement dans les tourelles —
Brille au loin et librement sur les pinacles —
Vers le haut des dômes — vers les flèches — vers le haut des salles
royales —
En haut des fanes — en haut des murs à la Babylone —
Des tonnelles ombragées et oubliées depuis longtemps
De lierre cultivé et de fleurs de pierre —
Jusqu'à bien d'un sanctuaire merveilleux
Dont s'entremêlent des frises couronnées
La viole, la violette et la vigne.

Résignée sous le ciel
Les eaux mélancoliques mentent.
Alors mélangez les tourelles et les ombres là-bas
Qui semblent tous pendulaires dans l'air,
Alors que d'une fière tour dans la ville

207

La mort regarde gigantesquement vers le bas.

Là des fananes ouverts et des tombes béantes
Bâiller au niveau des ondes lumineuses ;
Mais pas les richesses qui s'y trouvent
Dans l'œil de diamant de chaque idole —
Pas les morts gaiement parsemés de bijoux
Tentez les eaux de leur lit ;
Car aucune ondulation ne s'enroule, hélas !
Le long de ce désert de verre...
Il n'y a pas de gonflement indiquant que les vents peuvent être
Sur une mer lointaine et plus heureuse...
Aucun soulèvement n'indique que les vents ont été
Sur des mers moins affreusement sereines.

Mais voilà, il y a de l'agitation dans l'air !
La vague, il y a un mouvement là-bas !
Comme si les tours avaient été jetées de côté,
En s'enfonçant légèrement, la marée sourde...
Comme si leurs sommets avaient faiblement cédé
Un vide dans le Ciel filmé.
Les vagues ont maintenant une lueur plus rouge —
Les heures respirent faibles et basses —
Et quand, au milieu d'aucun gémissement terrestre,
En bas, en bas, cette ville s'établira d'ici.
L'enfer, s'élevant d'un millier de trônes,
Faites-le avec révérence.

À QUELQU'UN AU PARADIS.

Tu étais tout cela pour moi, amour,
Pour lequel mon âme se languissait —
Une île verte dans la mer, l'amour,
Une fontaine et un sanctuaire,
Le tout couronné de fruits de fées et de fleurs,
Et toutes les fleurs étaient à moi.

Ah, rêve trop brillant pour durer !
Ah, l'Espérance étoilée ! qui a surgi
Mais être couvert !
Une voix de l'avenir crie :
« En avant ! en avant ! » — mais sur le passé
(Faible gouffre !) Mon esprit planant ment
Muet, immobile, consterné !

Car, hélas ! hélas! Avec moi
La lumière de la Vie est là !
Pas plus — plus — plus —
(Un tel langage tient la mer solennelle
Vers les sables sur le rivage)
Fleurira l'arbre foudroyé,
Ou l'aigle en détresse s'envole !

Et tous mes jours sont des transes,
Et tous mes rêves nocturnes
C'est là que ton œil noir jette,
Et où brille ton pas,
Dans quelles danses éthérées,
Par quels courants éternels.

EULALIE : UNE CHANSON.

I DWELT seul
Dans un monde de gémissements,
Et mon âme était une marée stagnante,
Jusqu'à ce que la belle et douce Eulalie devienne ma fiancée
rougissante...
Jusqu'à ce que la jeune Eulalie aux cheveux jaunes devienne ma fiancée
souriante.

Ah, moins — moins brillant
Les étoiles de la nuit
Que les yeux de la fille radieuse !
Et jamais un flocon
Que la vapeur peut faire
Avec les teintes de lune de pourpre et de perle,
Peut rivaliser avec la boucle la plus méconnue de la modeste Eulalie...
Peut être comparé à la boucle la plus humble et la plus insouciante
d'Eulalie, aux yeux brillants.

Tantôt le doute, tantôt la douleur
Ne revenez plus,
Car son âme me donne soupir pour soupir,
Et tout au long de la journée
Brille de mille feux et de force,
Astarté dans le ciel,
Tandis que toujours vers sa chère Eulalie tourne son œil de matrone :
tandis que toujours à sa jeune Eulalie tourne son œil violet.

À F——s S. O——d.

Tu voudrais être aimé ? — puis que ton cœur
De son chemin actuel, ne partez pas !
Étant tout ce que tu es maintenant,
Ne sois rien de ce que tu n'es pas.
Ainsi avec le monde tes douces voies,
Ta grâce, ta plus que beauté,
Sera un thème sans fin de louanges,
Et l'amour – un devoir simple.

À F——.

BIEN-AIMÉ! au milieu des malheurs sérieux
Cette foule autour de mon chemin terrestre —
(Chemin plus sombre, hélas ! où pousse
Pas même une rose solitaire) —
Mon âme a au moins une consolation
En songe de toi, et c'est là qu'il sait
Un Eden de repos fade.

Et c'est ainsi que ta mémoire est pour moi
Comme une île lointaine enchantée
Dans une mer tumultueuse...
Un peu d'océan palpitant au loin et en liberté
Avec les tempêtes - mais où entre-temps
Un ciel serein en permanence
Juste pour ce sourire éclatant de l'île.

SONNET : SILENCE.

Il y a des qualités — certaines incorporent des choses,
Qui ont une double vie, qui est ainsi faite
Un type de cette entité jumelle qui jaillit
De la matière et de la lumière, manifestée dans l'uni et l'ombre.
Il y a un double Silence — mer et rivage —
Le corps et l'âme. On habite dans des endroits solitaires,
Nouvellement avec de l'herbe o'ergrown ; quelques grâces solennelles,
Des souvenirs humains et des traditions larmoyantes,
Rendez-le sans terreur : son nom est « No More ».
Il est le Silence corporatif : ne le craignez pas !
Il n'a pas en lui-même le pouvoir du mal ;
Mais si un destin urgent (lot prématuré !)
Amène à la rencontre de son ombre (elfe sans nom,
Qui hante les régions solitaires où a foulé
Ne te recommande pas à Dieu !

LE VER CONQUÉRANT.

VOILÀ! C'est une soirée de gala
Dans les dernières années solitaires !
Une foule d'anges, ailé, couché
Dans les voiles, et noyé dans les larmes,
Asseyez-vous dans un théâtre, pour voir
Un jeu d'espoirs et de craintes,
Tandis que l'orchestre respire par à-coups
La musique des sphères.

Mimes, sous la forme de Dieu en haut,
Marmonnant et marmonnant bas,
Et volent ici et là —
De simples marionnettes, eux, qui vont et viennent
À l'ordre de vastes choses informes,
Qui déplacent le paysage d'avant en arrière,
Battant de leurs ailes de condor
Invisible Wo !

Ce drame hétéroclite - oh, soyez sûr
Il ne faut pas l'oublier !
Avec son Fantôme poursuivi à jamais,
Par une foule qui ne s'en empare pas,
À travers un cercle qui revient toujours en
Au même endroit,
Et beaucoup de folie, et encore de péché,
Et l'horreur l'âme de l'intrigue.

Mais voyez, au milieu de la déroute mimique
Une forme rampante s'immisce !
Une chose rouge sang qui se tord
La solitude pittoresque !

Il se tord ! — il se tord ! — avec des douleurs mortelles
Les mimes en deviennent la nourriture,
Et les anges sanglotent devant les crocs de vermine
Dans le sang humain imprégné.

Dehors les lumières, éteintes !
Et, sur chaque forme frémissante,
Le rideau, une pâleur funèbre,
S'abat avec la précipitation d'une tempête,
Et les anges, tous pâles et pâles,
Soulever, dévoiler, affirmer
Que la pièce est la tragédie, « Man »,
Et son héros, le Ver Conquérant.

215

LE PALAIS HANTÉ.

Dans la plus verte de nos vallées
Par de bons anges habités,
Autrefois un palais beau et majestueux —
Palais radieux — a dressé la tête.
Dans la domination du monarque Pensée —
Il était là !
Jamais séraphin n'a déployé un pignon
Sur le tissu à moitié si juste !

Bannières jaunes, glorieuses, dorées,
Sur son toit flottaient et coulaient,
(Tout cela – tout cela – était dans l'ancien temps
Il y a longtemps,)
Et chaque air doux qui s'agitait,
En cette douce journée,
Le long des remparts plumés et pâles,
Une odeur d'aile disparut.

Vagabonds dans cette vallée heureuse,
À travers deux fenêtres lumineuses, on sciait
Des esprits qui se meuvent musicalement,
À la loi bien réglée d'un luth,
Autour d'un trône où, assis
(Porphyrogène !)
Dans l'état sa gloire bien convenable,
Le souverain du royaume a été vu.

Et tout cela avec des perles et des rubis brillants
Était la belle porte du palais,
Par lequel coulaient, coulaient, coulaient, coulaient,
Et étincelant toujours plus,

Une troupe d'Échos, dont le doux devoir
N'était que de chanter,
D'une beauté incomparable,
L'esprit et la sagesse de leur roi.

Mais les choses mauvaises, dans les robes de la douleur,
Attaqua le haut rang du monarque.
(Ah, pleurons ! — car jamais de chagrin [[demain]]
Se lèvera sur lui désolé !)
Et autour de sa maison la gloire
Qui rougissait et s'épanouissait,
N'est qu'une histoire dont on se souvient vaguement
De l'ancien temps enseveli.

Et les voyageurs, maintenant, dans cette vallée,
À travers les fenêtres éclairées en rouge, voyez
De vastes formes, qui bougent fantastiquement
Sur une mélodie discordante,
Tandis que, comme un fleuve effroyablement rapide,
Par la porte pâle
Une foule hideuse se précipite à l'infini
Et riez – mais ne souriez plus.

SCÈNES DE « POLITIAN » ;

UN DRAME INÉDIT.

I.

ROME. — *Une salle dans un palais. Alessandra et Castiglione.*

Alessandra. Tu es triste, Castiglione.

Castiglione. Triste! — pas moi.
Oh, je suis l'homme le plus heureux, le plus heureux de Rome !
Encore quelques jours, tu sais, mon Alessandra,
Te fera mienne. Oh, je suis très heureuse !

Moins. Je pense que tu as une manière singulière de montrer
Ton bonheur ! — Qu'as-tu, mon cousin ?
Pourquoi as-tu soupiré si profondément ?

Cas. Est-ce que j'ai soupiré ?
Je n'en étais pas conscient. C'est une mode,
Une sottise — une manière des plus stupides que j'aie
Quand je suis très heureux. Est-ce que j'ai soupiré ? *(Soupirant.)*

Moins. C'est toi qui l'as fait. Tu n'es pas bien. Tu as fait plaisir
Trop ces derniers temps, et je suis vexé de le voir.
Heures tardives et vin, Castiglione, — ces
Te ruinera ! tu es déjà changé...
Tes regards sont hagards, rien ne s'use ainsi.
La constitution comme les heures tardives et le vin.

218

Cas. (songeur.) Rien, belle cousine, rien, pas même un profond
chagrin...
L'use comme les mauvaises heures et le vin.
Je vais modifier.

Moins. Fais-le! Je voudrais que tu tombes
Ta compagnie tumultueuse aussi, — des gens de basse naissance, —
Mal assorti à l'héritier du vieux Di Broglio
Et le mari d'Alessandra.

Cas. Je vais les laisser tomber.

Moins. Tu le feras, tu le dois. Assiste aussi plus
À ton habillement et à ton équipage, ils sont trop simples
Pour ton rang élevé et ta mode, beaucoup dépend
Sur les apparences.

Cas. Je vais m'en occuper.

Moins. Alors veillez-y ! — Soyez plus attentif, Monsieur,
À un transport convenable — beaucoup que tu veux
Dans la dignité.

Cas. Beaucoup, beaucoup, oh beaucoup que je veux
Dans la dignité qui convient.

Moins. (D'un ton hautain.) Vous vous moquez de moi, monsieur !

Cas. (abstraitement.) Doux, doux Lalage !

Moins. J'ai bien entendu ?
Je lui parle, il parle de Lalage !
Monsieur le Comte ! *(pose sa main sur son épaule)* Que rêves-tu ? Il ne
va pas bien !

Qu'avez-vous, monsieur ?

Cas. (surprenant.) Cousin! belle cousine ! — Madame !
Je vous demande pardon, je ne suis pas bien,
Votre main sur mon épaule, s'il vous plaît.
Cet air est des plus oppressants ! — Madame... le duc !

C'est là qu'entre en scène Di Broglio.

Di Broglio. Mon fils, j'ai des nouvelles pour toi ! — Hein ? — qu'est-
ce qu'il y a ? (observant Alessandra.)
Je fais la moue ? Embrasse-la, Castiglione ! embrasse-la,
Espèce de chien ! et rattrapez-le, dis-je, à l'instant même !
J'ai des nouvelles pour vous deux. Politian est attendu
Toutes les heures à Rome — Politian, comte de Leicester !
Nous l'aurons au mariage. C'est sa première visite
À la cité impériale.

Moins. Quoi! Politian
de Bretagne, comte de Leicester ?

Di Brog. Le même, mon amour.
Nous l'aurons au mariage. Un homme assez jeune
En âge, mais gris en renommée. Je ne l'ai pas vu,
Mais la rumeur parle de lui comme d'un prodige
Prééminent dans les arts, les armes et la richesse,
Et une descente élevée. Nous l'aurons au mariage.

Moins. J'ai beaucoup entendu parler de ce Politien.
Gay, volatile et étourdi, n'est-ce pas ?
Et peu enclin à réfléchir.

Di Brog. Loin de là, l'amour.
Pas de branche, dit-on, de toute philosophie

220

Si profondément abscons qu'il ne l'a pas maîtrisée.
Savants comme peu d'érudits.

Moins. C'est bien étrange !
J'ai connu des hommes qui ont vu Politian
Et cherchait sa compagnie. Ils parlent de lui
Comme de quelqu'un qui est entré follement dans la vie,
Boire la coupe du plaisir jusqu'à la lie.

Cas. Ridicule! Maintenant, j'ai vu Politian
Et il le connaît bien, il n'est ni savant, ni joyeux.
C'est un rêveur et un homme exclu
De passions communes.

Di Brog. Les enfants, nous ne sommes pas d'accord.
Sortons et goûtons l'air parfumé
Du jardin. Ai-je rêvé, ou ai-je entendu
Politien était un homme mélancolique ?

(Sort.)

ROME. L'appartement d'une dame, avec une fenêtre ouverte et donnant sur un jardin. Lalage, en grand deuil, lisant à une table sur laquelle reposent des livres et un miroir à main. À l'arrière-plan, Jacinta (une servante) s'appuie négligemment sur une chaise.

Lal. [[Lalage]] Jacinta ! Est-ce toi ?

Jac. [[Jacinthe]] (Pertly.) Oui, Madame, je suis là.

Lal. Je ne savais pas, Jacinthe, que vous étiez en attente. Asseyez-vous! — Que ma présence ne vous trouble pas — Asseyez-vous! — car je suis humble, très humble.

Jac. (En aparté.) C'est l'heure.

(Jacinthe s'assied sur la chaise, d'un pas long, les coudes appuyés sur le dossier, et regardant sa maîtresse d'un air dédaigneux. Lalage continue de lire.)

Lal. « C'était dans un autre climat, alors il a dit,
« Portait une fleur dorée brillante, mais pas dans ce sol ! »
(S'arrête, retourne quelques feuilles et reprend.)
« Pas d'hivers prolongés là-bas, ni de neige, ni d'averse...
« Mais l'Océan doit toujours rafraîchir l'humanité
« Respire l'esprit aigu du vent d'ouest. »
Oh, magnifique ! — très beau ! — à quel point
À quel rêve de ciel mon âme fiévreuse !
Ô terre heureuse ! (S'arrête.) Elle est morte! — la jeune fille est morte !
Ô jeune fille encore plus heureuse qui pourrait mourir !
Jacinta!
(Jacinta ne répond pas, et Lalage reprend bientôt.)
Encore! — Une histoire similaire

On a raconté l'histoire d'une belle dame au-delà de la mer !
Ainsi parle un Ferdinand dans les paroles de la pièce :
« Elle est morte toute jeune » — lui répond un Bossola —
— Je ne pense pas, son infélicité
« On aurait dit qu'il y avait des années de trop » - Ah dame
malchanceuse !
Jacinta! (Toujours pas de réponse.)
Voici une histoire beaucoup plus sévère
Mais comme — oh, très comme dans son désespoir —
De cette reine égyptienne, qui a gagné si facilement
Mille cœurs – perdant enfin le sien.
Elle est morte. Ainsi finit l'histoire – et ses servantes
Penchez-vous et pleurez — deux douces servantes
Avec des noms doux - Eiros et Charmion !
Arc-en-ciel et colombe ! —— Jacinta !

Jac. (Mesquin.) Madame, qu'est-ce que c'est ?

Lal. Veux-tu, ma bonne Jacinthe, sois si bonne
Comme descendre dans la bibliothèque et m'amener
Les saints évangélistes.

Jac. Pshaw ! (Sortie.)

Lal. S'il y a du baume
Pour l'esprit blessé de Galaad, il est là !
La rosée dans la nuit de mon amer malheur
Trouvera-t-on — « une rosée plus douce que cela
Qui pend comme des chaînes de perle sur la colline de l'Hermon.
(rentre Jacinta et jette un volume sur la table.)
Voilà, madame, le livre. En effet, elle est très gênante.   (En aparté.)

Lal. (étonnée.) Qu'as-tu dit, Jacinthe ? Ai-je fait quelque chose
Pour t'affliger ou pour te vexer ? — Je suis désolé.

223

Car tu m'as longtemps servi et tu as toujours été
Digne de confiance et respectueux.
(Reprend sa lecture.)

Jac. Je n'arrive pas à y croire
Elle n'a plus de bijoux, non, non, elle m'a tout donné.
(En aparté.)

Lal. Qu'as-tu dit, Jacinthe ? Maintenant, je pense à moi
Tu n'as pas parlé dernièrement de ton mariage.
Comment se porte un bon Ugo ? — et quand est-ce que ça se produira ?
Puis-je faire n'importe quoi ? — n'y a-t-il pas d'aide supplémentaire
Tu as besoin, Jacinta ?

Jac. N'y a-t-il pas d'autre aide !
C'est fait pour moi. (à part) Je suis sûr, Madame, que vous n'avez pas
besoin de
Je suis toujours en train de jeter ces bijoux dans mes dents.

Lal. Des bijoux ! Jacinthe, — maintenant, en effet, Jacinthe,
Je n'ai pas pensé aux bijoux.

Jac. Oh! Peut-être pas !
Mais alors j'aurais pu le jurer. Après tout
Il y a Ugo dit que l'anneau n'est que de la pâte,
Car il est sûr que le comte Castiglione n'a jamais
J'aurais donné un vrai diamant à des gens comme vous ;
Et au mieux, je suis certaine, Madame, que vous ne pouvez pas
Avoir l'utilité des bijoux maintenant. Mais j'aurais pu le jurer.

(Sortie.)
(Lalage fond en larmes et appuie sa tête sur la table – après une courte
pause, elle la lève.)

Lal. *Pauvre Lalage !* — *et en est-on arrivé là ?*
Ta servante ! — *mais du courage !* — *ce n'est qu'une vipère*
Celui que tu as chéri pour te piquer jusqu'à l'âme !
(prenant le miroir)
Ha! ici au moins, c'est un ami – *trop un ami*
Autrefois, un ami ne te trompera pas.
Miroir juste et vrai ! Maintenant, dis-moi (car tu peux)
Un conte – *un joli conte* – *et n'y prête pas attention*
Bien qu'il soit en proie à des malheurs. Il me répond.
Il parle d'yeux enfoncés et de joues décharnées,
Et la Belle morte depuis longtemps — *se souvient de moi*
De la joie s'en est allée — *l'espoir, le séraphin espoir,*
Inhumés et ensevelis ! — *maintenant, sur un ton*
Basse, triste et solennelle, mais très audible,
Murmures de tombes précoces, bâillements intempestifs
Pour la femme de chambre ruinée. Miroir juste et vrai ! — *tu ne mens*
pas !
Tu n'as pas de fin à gagner, pas de cœur à briser,
Castiglione a menti qui disait qu'il aimait...
Tu es vrai, il est faux ! — *FAUX !* — *FAUX !*
(Pendant qu'elle parle, un moine entre dans son appartement et
s'approche sans être observé.)

Moine. *Refuge, tu as,*
Douce fille ! au Ciel. Pensez aux choses éternelles !
Abandonne ton âme à la pénitence, et prie !

Lal. *(se levant précipitamment.) Je ne peux pas prier !* — *Mon âme est*
en guerre avec Dieu !
Les bruits effrayants de la gaieté en bas
Dérangez mes sens — *allez ! Je ne peux pas prier...*
Les airs doux du jardin m'inquiètent !
Ta présence m'attriste : va ! — *ton vêtement sacerdotal*
Me remplit d'effroi — *ton crucifix d'ébène*

225

Avec horreur et crainte !

Moine. Pense à ton âme précieuse !

Lal. Pensez à mes débuts ! — pensez à mon père
Et mère au Ciel ! pense à notre maison tranquille,
Et le ruisseau qui coulait devant la porte !
Pensez à mes petites sœurs ! — pensez-y !
Et pensez à moi ! — pense à mon amour confiant
Et la confiance — ses vœux — ma ruine — pense — pense
De mon indicible misère ! —— Allez-vous-en !
Pourtant, restez ! Pourtant, restez ! — Qu'est-ce que tu as dit de la
prière
Et la pénitence ? N'as-tu pas parlé de la foi
Et les vœux devant le trône ?

Moine. Oui, j'ai fait.

Lal. C'est bien.
Il y a un vœu où il convient de faire —
Un vœu sacré, impératif et pressant,
Un vœu solennel !

Moine. Ma fille, ce zèle est bien !

Lal. Père, ce zèle est tout sauf bien !
As-tu un crucifix digne de cette chose ?
Un crucifix sur lequel s'inscrire
Ce vœu sacré ?
(Il lui tend le sien.)
Pas que — Oh ! Non! — Non ! — Non !
(Frissonnant.)
Pas ça ! Pas ça ! — Je te le dis, saint homme,
Tes vêtements et ta croix d'ébène m'effraient !

226

Recule! J'ai moi-même un crucifix, —
J'ai un crucifix ! Je pense que c'était approprié
L'acte — le vœu — le symbole de l'acte —
Et le registre des actes devrait compter, père !
(Dégaine une dague à poignée croisée et la lève haut.)
Voici la croix avec laquelle un vœu comme le mien
C'est écrit dans le Ciel !

Moine. Tes paroles sont folie, ma fille,
Et dis un dessein impie — tes lèvres sont livides —
Tes yeux sont sauvages, ne tente pas la colère divine !
Arrêtez-vous avant qu'il ne soit trop tard ! — oh ne sois pas — ne sois
pas téméraire !
Ne jurez pas le serment, oh ! ne le jurez pas !

Lal. C'est juré !

III.

Un appartement dans un palais. Politien et Baldazzar.
Baldazzar. ——— *Réveille maintenant, Politien !*
Tu ne dois pas… non, en vérité, tu ne le feras pas
Cédez à ces humeurs. Sois toi-même !
Secoue les vaines fantaisies qui t'assaillent,
Et vis, car maintenant tu meurs !

Politien. Non, Baldazzar !
Sûrement que je vis.

Bal. Politian, cela m'attriste
De te voir ainsi.

Pol. Baldazzar, cela me fait de la peine
Pour te donner un sujet de chagrin, mon honoré ami.
Commandez-moi, monsieur ! Que veux-tu que je fasse ?
À ton ordre, je me débarrasserai de cette nature
De mes ancêtres que j'ai hérité,
Que j'ai bu avec le lait de ma mère,
Et ne soyez plus Politien, mais un autre.
Commandez-moi, monsieur !

Bal. Au champ alors — au champ —
Au sénat ou sur le terrain.

Pol. Hélas! hélas!
Il y a un diablotin qui me suivrait même là-bas !
Il y a un diablotin qui m'a suivi même là-bas !
Il y a… quelle voix était-ce ?

Bal. Je ne l'ai pas entendu.

228

Je n'ai entendu aucune autre voix que la tienne,
Et l'écho de la tienne.

Pol. Alors je n'ai fait que rêver.

Bal. Ne livre pas ton âme aux rêves : le camp — la cour
S'il te convient, la renommée t'attend, la gloire t'appelle,
Et tu n'entendras pas celle qui a la langue de trompette
À l'écoute de sons imaginaires
Et des voix fantômes.

Pol. C'est une voix fantôme !
Ne l'as-tu donc pas entendu ?

Bal. Je ne l'ai pas entendu.

Pol. Tu ne l'as pas entendu ! —— Baldazaar, ne parle plus
À moi, Politien, de tes camps et de tes cours.
Oh! Je suis malade, malade, malade, jusqu'à la mort,
Des vanités creuses et ronflantes
De la Terre peuplée ! Soyez patient avec moi encore un moment !
Nous avons été des garçons ensemble, des camarades d'école...
Et maintenant sont amis — mais ce ne sera pas si long —
Car c'est dans la ville éternelle que tu me feras
Un bureau aimable et doux, et une puissance...
Une Puissance auguste, bienveillante et suprême —
Tu t'absoudras alors de tous autres devoirs
À ton ami.

Bal. Tu dis une énigme effrayante
Je ne comprendrai pas.

Pol. Pourtant, maintenant que le destin
S'approche, et les Heures respirent bas,

Les sables du Temps sont changés en grains d'or,
Et éblouis-moi, Baldazzar. Hélas! hélas!
Je ne peux pas mourir, ayant dans mon cœur
Un goût si vif pour la belle
Comme il s'est allumé en lui. Je pense l'air
Est-ce qu'il fait plus doux maintenant qu'il n'avait coutume de l'être...
De riches mélodies flottent dans les vents —
Une beauté plus rare orne la terre —
Et avec un éclat plus saint, la lune tranquille
Siège dans le ciel. — Hist ! Hist! tu ne peux pas dire
Tu n'entends pas maintenant, Baldazzar ?

Bal. En effet, je n'entends pas.

Pol. Pas l'entendre ! — Écoutez maintenant — Écoutez ! — le son le
plus faible
Et pourtant, la plus douce oreille jamais entendue !
Une voix de dame ! — et de la tristesse dans le ton !
Baldazzar, ça m'oppresse comme un sortilège !
Encore! — encore ! — avec quelle solennité il tombe
Au plus profond de mon cœur ! Cette voix éloquente
Je n'ai certainement jamais entendu — et pourtant c'était bien
Si seulement je l'avais entendu avec ses sonorités palpitantes
Autrefois !

Bal. Je l'entends moi-même maintenant.
Restez tranquilles ! — la voix, si je ne me trompe pas,
Provient de ce treillis — que vous pouvez voir
Très clairement à travers la fenêtre — il appartient,
N'est-ce pas ? à ce palais du duc.
Le chanteur est sans aucun doute en dessous
Le toit de Son Excellence — et peut-être
C'est même cette Alessandra dont il a parlé
En tant que fiancée de Castiglione,

230

Son fils et héritier.

Pol. Restez tranquilles ! — il revient !
Voix
(Très faiblement.)
« Et ton cœur est-il si fort
Quant à me laisser ainsi
Qui t'a aimé si longtemps
Dans la richesse et wo parmi ?
Et ton cœur est-il si fort
Quant à me laisser ainsi ?
Dites non, dites non !

Bal. La chanson est anglaise, et je l'ai souvent entendue
Dans la joyeuse Angleterre — jamais aussi plaintivement —
Hist! Hist! Il revient !
Voix
(Plus fort.)
Est-ce si fort
Quant à me laisser ainsi
Qui t'a aimé si longtemps
Dans la richesse et wo parmi ?
Et ton cœur est-il si fort
Quant à me laisser ainsi ?
Dites non, dites non !

Bal. C'est silencieux et tout est calme !

Pol. Tout n'est pas tranquille !

Bal. Descendons.
Pol. Descends, Baldazzar, va !

Bal. L'heure se fait tard — le duc nous attend, —

Ta présence est attendue dans le hall
Sous. Qu'as-tu, comte Politian ?
Voix
(distinctement.)
« Qui t'a aimé si longtemps,
En richesse et en wo parmi,
Et ton cœur est-il si fort ?
Dites non, dites non !

Bal. Descendons ! — C'est l'heure. Politian, donnez
Ces fantaisies au vent. Souviens-toi, prie,
Votre attitude a récemment goûté beaucoup à la grossièreté
Au duc. Excite-toi ! et n'oubliez pas !

Pol. Se souvenir? Je le fais. Avancez ! Je m'en souviens. (en allant.)
Descendons. Croyez-moi, je donnerais,
Librement donnerait les vastes terres de mon comté
Pour contempler le visage caché par ton treillis —
« Contempler ce visage voilé, et entendre
Encore une fois cette langue silencieuse.

Bal. Permettez-moi de vous en prier, monsieur,
Descendez avec moi, le duc peut être offensé.
Descendons, je vous en prie.
(Voix forte.) Dites non ! — dites non !

Pol. (à part.) C'est étrange ! — C'est très étrange — pensa la voix
Il a partagé mes désirs et m'a dit de rester ! (S'approchant de la
fenêtre.)
Douce voix ! Je t'écoute, et je resterai certainement.
Maintenant, que ce soit l'imagination, par le ciel, ou que ce soit le
destin,
Je ne descendrai toujours pas. Baldazzar, make
Excuses au duc pour moi ;

Je ne descends pas ce soir.

Bal. Le bon plaisir de Votre Seigneurie
Doit être pris en charge. Bonne nuit, Politian.

Pol. Bonne nuit, mon ami, bonne nuit.

IV

Les jardins d'un palais — Clair de lune. Lalage et Politian.

Lalage. Et tu parles d'amour
Pour moi, Politian ? — Parlez-vous d'amour
À Lalage ? — ah wo — ah wo c'est moi !
Cette moquerie est des plus cruelles, des plus cruelles en effet !

Politien. Ne pleurez pas ! Oh, ne sanglotez pas ainsi ! — tes larmes
amères
Va me rendre fou. Oh ne pleure pas, Lalage —
Soyez réconfortés ! Je sais, je sais tout,
Et pourtant, je parle d'amour. Regarde-moi, le plus brillant,
Et le beau Lalage ! — Tourne ici tes yeux !
Tu me demandes si je peux parler d'amour,
Savoir ce que je sais, et voir ce que j'ai vu.
C'est ce que tu me demandes, et c'est ainsi que je te réponds...
C'est ainsi que sur mon genou fléchi je te réponds.

(S'agenouillant.)
Doux Lalage, je t'aime, je t'aime, je t'aime ;
Que ce soit le bien et le mal, que je t'aime.
Pas la mère, avec son premier-né sur ses genoux,
Tressaille d'un amour plus intense que moi pour toi.
Ni sur l'autel de Dieu, ni en aucun temps ni sous aucun climat,
Y brûlait un feu plus saint que celui qui brûle maintenant
Dans mon esprit pour toi. Et est-ce que j'aime ?

(se levant.)
Même pour tes malheurs, je t'aime, même pour tes malheurs,
Ta beauté et tes malheurs.

234

Lal. Hélas, fier comte,
Tu t'oublies toi-même, en te souvenant de moi !
Comment, dans les salles de ton père, parmi les jeunes filles
Pur et irréprochable de ta lignée princière,
Lalage, déshonoré, pouvait-il survivre ?
Ta femme, et avec une mémoire viciée...
Mon nom brûlé et gâché, comment cela s'accorderait-il ?
Avec les honneurs ancestraux de ta maison,
Et avec ta gloire ?

Pol. Ne me parlez pas de gloire !
Je hais — je déteste ce nom ; J'ai horreur
La chose insatisfaisante et idéale.
N'es-tu pas Lalage et moi, Politian ?
N'aime-je pas, n'es-tu pas beau,
De quoi avons-nous besoin le plus ? Ha! gloire! — maintenant, n'en
parlez pas !
Par tous, je tiens pour le plus sacré et le plus solennel...
Par tous mes souhaits maintenant — mes craintes dans l'au-delà —
Par tous, je méprise la terre et j'espère dans le ciel...
Il n'y a pas d'action dont je me glorifierais davantage,
que dans ta cause de te moquer de cette même gloire
Et le fouler aux pieds. Ce qui compte...
Ce qui compte, ma plus belle, et ma meilleure,
Que nous tombons sans honneur et oubliés
Dans la poussière – alors nous descendons ensemble.
Descendez ensemble, et puis, et puis peut-être...

Lal. Pourquoi t'arrêtes-tu, Politien ?

Pol. Et puis, peut-être
Levez-vous ensemble, Lalage, et vagabondez
Les demeures étoilées et tranquilles des bienheureux,
Et pourtant...

Lal. Pourquoi t'arrêtes-tu, Politien ?

Pol. Et toujours ensemble, ensemble.

Lal. Maintenant comte de Leicester !
Tu m'aimes, et au fond de mon cœur
Je sens que tu m'aimes vraiment.

Pol. Oh, Lalage ! *(Se jetant à genoux.)*
Et m'aimes-tu ?

Lal. Hist! Chut! Dans l'obscurité
De là-bas, les arbres me semblaient être une figure passée...
Une figure spectrale, solennelle, lente et silencieuse...
Comme l'ombre sinistre de la Conscience, solennelle et
silencieuse. *(Traverse à pied et revient.)*
Je me suis trompé : ce n'était qu'une branche géante
Agité par le vent d'automne. Politian !

Pol. Mon Lalage — mon amour ! Pourquoi es-tu ému ?
Pourquoi deiens-tu si pâle ? Pas le moi de la conscience,
Encore moins une ombre que tu lui compares,
Devrait ainsi ébranler l'esprit ferme. Mais le vent de la nuit
Il fait froid — et ces branches mélancoliques
Jetez par-dessus toutes choses une obscurité.

Lal. Politian !
Tu me parles d'amour. Connais la terre
avec laquelle toutes les langues sont occupées — une terre
nouvellement découverte —
Miraculeusement trouvé par l'un des Gênes —
Mille lieues à l'intérieur de l'ouest doré ?
Une terre de fées de fleurs, de fruits et de soleil,
Et des lacs cristallins, et des forêts surplombantes,

Et les montagnes, autour desquelles les sommets vertigineux sont
soufflés
Du Ciel flux sans entraves — Quel air respirer
C'est le bonheur maintenant, et ce sera la liberté dans l'au-delà
Dans les jours à venir ?

Pol. Oh, veux-tu — veux-tu
Vole vers ce paradis, mon Lalage, veux-tu
Voler là-bas avec moi ? Là les soucis seront oubliés,
Et la douleur n'existera plus, et Eros sera tout.
Et alors la vie sera à moi, car je vivrai
Pour toi et à tes yeux, et tu seras
Il n'y a plus de pleureur, mais les Joies radieuses
S'attendra à toi, et l'ange espère
Assiste toujours à toi ; et je m'agenouillerai devant toi
Et adore toi, et t'appelle mon bien-aimé,
La mienne, ma belle, mon amour, ma femme,
Mon tout ; — oh, veux-tu — veux-tu, Lalage,
Voler là-bas avec moi ?

Lal. Un acte doit être accompli :
Castiglione vit !

Pol. Et il mourra !

(Sortie.)

Lal. (après une pause.) Et — il — mourra ! ——— hélas !
Mort de Castiglione ? Qui a prononcé ces paroles ?
Où suis-je? — Qu'a-t-il dit ? — Politien !
Tu n'es pas parti, tu n'es pas parti, Politian !
Je sens que tu n'es pas parti, mais tu n'oses pas regarder,
De peur que je ne te voie ; tu ne pouvais pas y aller
Avec ces paroles sur tes lèvres : Ô ! parle-moi !

237

Et fais-moi entendre ta voix, un mot, un seul mot,
Pour dire que tu n'es pas parti, — une petite phrase,
Pour dire combien tu méprises — combien tu hais
Ma faiblesse féminine. Ha! ha! tu n'es pas parti...
Ô parlez-moi ! Je savais que tu n'irais pas !
Je savais que tu ne voulais pas, que tu ne pouvais pas, que tu n'osais
pas y aller.
Vilain, tu n'es pas parti, tu te moques de moi !
Et c'est ainsi que je te serre dans mes bras, ainsi ! ——— Il est parti,
il est parti...
Parti, parti. Où suis-je? C'est bien... c'est très bien !
Pour que la lame soit aiguë, que le coup soit sûr,
C'est bien, c'est très bien... hélas ! hélas!
(Sortie.)

V.

Les banlieues. Politian seul.

Politien. Cette faiblesse grandit en moi. Je suis faible,
Et je crains beaucoup que je ne sois pas mal – cela ne suffira pas.
Mourir avant d'avoir vécu ! — Reste — retiens ta main,
Ô Azraël, encore un moment ! — Prince des Puissances
Des ténèbres et du tombeau, ô pitié de moi !
Ô pitié de moi ! Que je ne périsse pas maintenant,
Dans le bourgeonnement de mon Espérance Paradisiaque !
Donne-moi encore à vivre — encore un peu de temps :
C'est moi qui prie pour la vie, moi qui suis si tard
On n'a exigé que de mourir ! — que dit le comte ?

C'est là qu'entre en scène Baldazzar.

Baldazzar. Ne connaissant aucune cause de querelle ou de querelle
Entre le comte Politien et lui-même.
Il refuse votre cartel.

Pol. Qu'as-tu dit ?
Quelle réponse m'avez-vous apportée, bon Baldazzar ?
Avec quel excès de parfum vient le zéphyr
Chargé de là-bas ! — un jour plus beau,
Ou une Italie digne de ce nom, me semble
Aucun œil mortel n'a vu ! — que dit le comte ?

Bal. Que lui, Castiglione, n'étant pas conscient
De toute querelle existante, ou de toute cause
De querelle entre Votre Seigneurie et la sienne,
Ne peut pas accepter le défi.
Pol. C'est très vrai...

239

Tout cela est très vrai. Quand vous avez-vous vu, monsieur,
Quand t'as vu maintenant, Baldazzar, dans le froid
La Grande-Bretagne peu aimable que nous avons quittée si récemment,
Un paradis aussi calme que celui-ci, si totalement libre
De la souillure maléfique des nuages ? — et il a dit ?

Bal. Pas plus, monseigneur, que ce que je vous ai dit, monsieur :
Le comte Castiglione ne se battra pas,
N'ayant aucune raison de se quereller.

Pol. Maintenant, c'est vrai...
Tout cela est très vrai. Tu es mon ami, Baldazzar,
Et je ne l'ai pas oublié — tu ne me feras pas
Un service ; Veux-tu revenir et dire
À cet homme, que moi, le comte de Leicester,
Le considérer comme un méchant ? — c'est ce que je vous prie de dire
jusqu'au comte — c'est excéder juste
Il devrait avoir une raison de se quereller.

Bal. Monseigneur! — mon ami ! —

Pol. (En aparté.) C'est lui ! — il vient lui-même ? (À haute voix,) tu
raisonnes bien.
Je sais ce que tu dirais — pas envoyer le message —
Puits! — j'y penserai — je ne l'enverrai pas.
Maintenant, prythee, laisse-moi, c'est ici qu'est venu un homme.
Avec qui des affaires de la nature la plus privée
Je m'ajusterais.

Bal. Je m'en vais — demain nous nous rencontrons,
N'est-ce pas ? — au Vatican.

Pol. Au Vatican.

240

(sortie Bal.)

C'est là qu'intervient Castigilone.

Cas. Le comte de Leicester ici !

Pol. Je suis le comte de Leicester, et tu vois,
N'est-ce pas ? que je suis ici.

Cas. Monseigneur, des choses étranges,
Une erreur singulière — un malentendu —
Sans aucun doute s'est levé : tu as été exhorté
Ainsi, dans le feu de la colère, s'adresser
Quelques mots des plus inexplicables, par écrit :
Pour moi, Castiglione ; le porteur étant
Baldazzar, duc de Surrey. Je suis conscient
De rien qui puisse te justifier dans cette chose,
Sans t'avoir offensé. Ha! — ai-je raison ?
C'était une erreur ? — sans aucun doute — nous tous
Il y a parfois des erreurs.

Pol. Dessine, méchant, et ne prate plus !

Cas. Ha! — Dessiner ? – et méchant ? aie donc à toi tout de suite,
Fier comte !

(dessine.)

Pol. *(Dessin.)* Ainsi vers le tombeau expiatoire,
Sépulcre prématuré, je te consacre
Au nom de Lalage !
Cas. *(Laissant tomber son épée et reculant jusqu'à l'extrémité de la
scène.)*
De Lalage !

Attends, ta main sacrée ! — venger, dis-je !
Avaunt — Je ne te combattrai pas, et même je n'ose pas.

Pol. Tu ne veux pas combattre avec moi, m'as dit, seigneur le comte ?
Serai-je ainsi déconcerté ? — maintenant c'est bien ;
As-tu dit que tu n'osais pas ? Ha!

Cas. Je n'ose pas... n'ose pas...
Tiens ta main – avec ce nom bien-aimé
Si frais sur tes lèvres que je ne te combattrai pas...
Je ne peux pas, je n'ose pas.

Pol. Maintenant, par mon halidom
Je te crois ! — lâche, je te crois !

Cas. Ha! — lâche ! — ce n'est peut-être pas le cas !
(il saisit son épée et titube vers Politien, mais son but change avant de
l'atteindre, et il tombe à genoux aux pieds du comte)

Hélas! Monseigneur
C'est – c'est – tout à fait vrai. Dans une telle cause
Je suis le plus lâche des lâches. Ô pitié de moi !

Pol. (grandement adouci.) Hélas! — Je le sais, en vérité je te plains.

Cas. Et Lalage...

Pol. Canaille! — lève-toi et meurs !

Cas. Il n'est pas nécessaire que ce soit — ainsi — ainsi — Ô laisse-
moi mourir
Ainsi sur mon genou plié. C'était tout à fait approprié
Que dans cette profonde humiliation je péris.
Car dans le combat je ne lèverai pas la main

242

Contre toi, comte de Leicester. Frappe à la maison —
(Découvrant sa poitrine.)
Il n'y a ni laisse ni obstacle à ton arme...
Faire mouche. Je ne te combattrai pas.

Pol. Maintenant, la mort et l'enfer !
Ne suis-je pas – ne suis-je pas cruellement – douloureusement tenté
De te prendre au mot ? Mais remarquez-moi, monsieur !
Ne songez pas à me faire fuir ainsi. Prépares-tu
Pour l'insulte publique dans la rue — avant
Les yeux des citoyens. Je te suivrai —
Comme un esprit vengeur, je te suivrai
Même jusqu'à la mort. Avant ceux que tu aimes,
Devant toute Rome, je te narguerai, scélérat, — Je te narguerai,
Entendez-vous ? par lâcheté : tu ne me combattras pas ?
Tu mens ! tu le feras !
(Sortie.)

Cas. Or, c'est vraiment juste !
Le plus juste et le plus juste, vengeur du Ciel !

La Fin.

Milton Keynes UK
Ingram Content Group UK Ltd.
UKHW040441031224
452051UK00005B/79

9 798330 591985